외국인을 위한 한국어
KOREAN LANGUAGE
중급

저자 박덕유

박문사

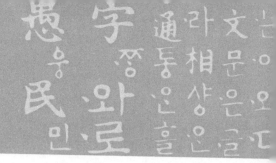

외국인을 위한 한국어 KOREAN LANGUAGE

서문 Preface

　본서는 외국어로서의 한국어교육을 위한 교재로 중급 정도의 학생들을 대상으로 제작하였다. 총 15과로 구성되었으며, ON - LINE 상으로도 제작되어 학생들이 인터넷을 활용하여 스스로 학습할 수 있도록 했다. 또한 영어와 중국어로 병기하여 외국인 학습자들에게 학습 효과를 향상시킬 수 있도록 했다.

　본서의 학습목표와 학습내용은 다음과 같다.

(1) 학습목표
- 일상적으로 행해지는 구어와 문어 담화를 비교적 잘 수행할 수 있다.
- 읽기, 듣기 등 주제에 필요한 기본적인 언어생활을 익힐 수 있다.
- 주제에 관해 짧은 글을 쓸 수 있다.
- 적절한 기능적 표현을 사용하여 일상생활에 필요한 문법적 표현을 활용할 수 있다.

(2) 학습내용
- [Dialogue] (對話)의 어휘 및 내용 파악하기
- [Dialogue] (對話)를 통한 구문표현(문법, 음운) 이해하기
- 평가하기(문법과 표현, 읽기, 듣기, 쓰기)
- 정리하기

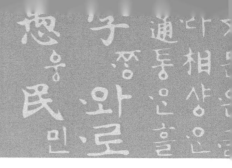

따라서 본서는 학습자로 하여금 단원 주제에 관련된 〈Dialogue〉와 어휘를 공부할 것이다. 또한, 〈문법〉과 〈음운(발음)〉에 대해 학습할 것이며, 각 영역별(문법과 표현, 음운, 읽기, 듣기, 쓰기 등)로 나누어 문제를 풀이함으로써 다양한 학습효과를 갖도록 할 것이다. 또한, 마무리 단계로 학습한 주요 내용을 정리하고 각 단원에서 나온 단어를 총 정리하여 단원 끝에 제시하였다.

2009년 12월 1일
박덕유 씀

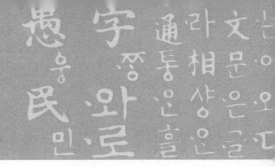

한국어 교재 구성 중급

주	제목	기능	문법	음운	어휘	읽기	듣기	쓰기	기타 (문화)
1	날씨와 생활	한국의 날씨 알기	(으)ㄹ 것이다, (으)ㄹ 것처럼, (으)ㄹ 까요, (으)ㄹ 듯싶다 (으)ㄹ 것 같다, (으)ㄹ 지 모르다	비음화	계획, 특별한, 주말, 비, 천둥, 구름, 번개	날씨에 대한 내용	주말 계획 듣기	자신의 일과에 대해 쓰기	속리산 여행
2	약속 지키기	약속 하기와 지키기	-고 나서 -(으)ㄹ수록	유음화	고향, 며칠, 입학, 아마, 영화, 신라, 전통, 문화	한국을 방문한 친구와 함께 지내기	주말에 뭐 할건가요?	단어를 넣어서 문장 만들기	인사동 방문
3	위치와 교통	위치 알기 차편 알기	-ㅁ이/-ㅁ을/-ㅁ과, -기 때문에/위해/무섭게/마련이다/시작하다	유기음화, 경음화	위치, 교통, 고궁, 역사, 멀다, 늦잠, 지각, 건너가다	수업에 늦은 이유 알기	인천공항 가는 버스 타기	자신의 집 위치와 학교에 오는 교통편 알기	인천 공항 가기
4	음식과 문화	식당에서 음식 주문하기, 음식의 맛 소개하기	-ㄴ/는다고, 이라고 하다, -(느, 으, 이)냐고 하다, -려고 하다	모음 조화, 모음 동화	음식, 식당, 설렁탕, 담백, 맛있는, 인삼, 갈비, 삼겹살	좋아하는 음식에 대하여 알기	친구 생일 축하하기	한국의 음식과 맛에 대한 느낌 쓰기	한국 식당 가기
5	여행과 예매	여행지 알아보기, 표 예매하기	-이, -히, -리, -기 -아(어/여)지다	구개음화 (심화)	여행, 동해안, 장소, 유명하다, 예매, 설경, 촬영지, 고객, 밤기차, 관광,	낭만적인 데이트 장소 설문 내용	정동진 관광에 대한 내용	가고 싶은 여행지와 표를 예매하는 대화문 쓰기	정동진 관광

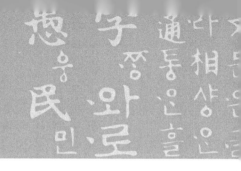
6	초대와 방문	초대하기, 감사 표현하기, 호칭 알기	-이, -히, -리, -기, -우, -구, -추 -게 하다	축약 (심화)	초대하다, 방문, 조카, 선물, 성의, 일찍, 지내다, 특별	하늘씨의 생일 초대와 방문	생일 초대 시간과 장소 알기	단어를 활용하여 '이사' 문장 만들기	친구 집 방문
7	운동과 건강	좋아하는 운동 소개하기, 건강 관리하기	-께서 -(으/이)시-, -(으)십시오/십니까, -(으)세요/하세요, -아(어)/해, -아(어)라/니	탈락 (심화)	운동, 건강, 달리기, 줄넘기, 걷기, 계단 오르기	건강을 유지하기 위한 방법	기분 전환 방법	오후에 한 일에 대해 '하십시오'체로 쓰기	
8	시장 가기	물건 고르기	밥/진지, 집/댁 생일/생신, 말/말씀 자다/주무시다 먹다/잡수시다 있다/계시다, 있으시다 죽다/돌아가시다	-으/-ㄹ 규칙	시장, 과일, 고기, 홍시, 익다, 할인, 물건, 떡, 바쁘다	시장에 간 내용	할아버지 생신 준비	시장에 가서 느낀 점	한국 재래 시장 방문
9	가족과 이웃	한국의 가족 이해하기(호칭어), 한국의 이웃 알기	-이/가 아니다 -지 않다/안 -지 못하다/못 -지 말다 -(으)ㄹ 수 없다 -(으)ㄴ 적이 없다 -(으)ㄹ 줄 모르다 -(으)면 안 되다	ㅂ 불규칙	가족, 이웃, 환경, 필요, 축하, 이사, 왕래, 소개	이사한 이유 알기	이웃집과 인사	본인의 가족을 소개하기	이사
10	성격과 감정	성격 알기 감정 표현하기	Vs-고 있다 Vs-아(어) 있다 Vs-려고 하다 Vs-기로 되어 있다	ㄷ 불규칙 ㅅ 불규칙	성격, 감정, 갈등, 친절, 배려, 이해, 존중, 세련, 상냥, 애교	성격 차이, 인기있는 직장 남성	인기있는 직장 여성	본인의 성격 쓰기	

외국인을 위한 한국어 KOREAN LANGUAGE

11	우체국과 은행	편지 및 소포 보내기, 송금하고 환전하기	-N+와(과)+N+V -S+V+고(며)+S+V -S+V+면/게/도록+S+V	르 불규칙, ㅎ 불규칙	우체국, 은행, 소포, 우편, 항공, 신청서, 연락처, 분실신고	한국 은행에 대한 소개	우체국에서 소포 보내기	우체국이나 은행에 가서 느낀 점	한국의 은행과 우체국 방문
12	병원과 약국	병원 예약과 진료, 약국 들리기	보조용언(보조동사, 보조형용사)	음장	병원, 약국, 기침, 환자, 진료, 처방전, 의사	한국 병원과 약국 소개	병원 예약하기	병원이나 약국에 간 경험	한국의 병원과 약국 방문
13	학교 생활	학교 생활에 대한 각종 정보	안은문장(명사절, 관형절, 부사절, 인용절)	'에:애', '어:오'의 구별	종강, 학기, 장학금, 과대표, 신입생, 모꼬지, 동아리, 자료실, 학술제, 복학, 졸업	대학생활과 복학	대학 생활 중 기억에 남는 일	가장 기억에 남는 대학생활 쓰기	한국의 대학교 방문
14	도서관 이용하기	도서관 기능 익히기 책 대여와 반납하기	-V1-(으)ㄹ테니까, V2- -V1-(으)면서 V2-	'의'의 발음	도서관, 도서, 연장, 기한, 반납, 열람실, 변경, 과목, 도서대출	도서관 이용을 잘 하겠다는 다짐	독서 많이 한 사람 시상	도서관을 이용한 소감 쓰기	대학 도서관 견학하기
15	경험과 미래	과거 경험 이야기 하기, 장래 설계하기	-(으)ㄴ, 는 걸 보니까/보면, (으)ㄴ가/나 보다/은, (으)ㄴ+것 같다/-(으)ㄴ적이 있다, -게 되-	외래어 표기법	경험, 미래, 어린 시절, 독립심, 나눔, 위인전, 추억, 세속, 아늑한	행복하고 소중한 삶	어린 시절의 추억	10년 후의 자신의 모습에 대해 쓰기	

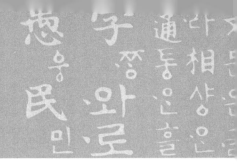

차례 Contents

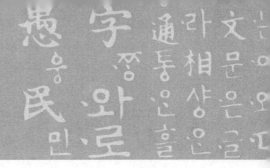

외국인을 위한 한국어 KOREAN LANGUAGE

제1과

날씨와 생활
Weather and Life, 天气与生活

01 들어가기
Introduction 導言

   오늘은 〈날씨와 생활〉이라는 주제로 수업을 진행할 것입니다. 따라서 우선, 날씨에 관련된 [Dialogue] (對話)와 어휘를 공부할 것이고, 다음으로 [Dialogue]에 나온 〈문법〉과 〈음운(발음)〉에 대해 공부할 것입니다. 그리고 마지막으로 각 영역별(문법과 표현, 읽기, 듣기, 쓰기 등)로 나누어 문제를 풀이함으로써 다양한 학습효과를 갖도록 할 것입니다.

   The topic of today's lecture is weather and life. First, we will look at Dialogue and Vocabulary about weather and life, and second, learn about grammar and pronunciation of words shown in Dialogue. Finally, we will learn more in the remaining sections of this unit such as 'Grammar & Expressions, Reading, Listening and Writing' mainly through working on various questions.

   今天的課堂主題是〈天气与生活〉。首先學習与天气有關的對話和詞匯，然后學習語法和音韻。最后通過對各个領域(語法与表現，閱讀，听力，寫作等)的練習增强學習效果。

학습목표 Learning goals 學習目標

○ 〈날씨〉에 대해 일상적으로 행해지는 구어와 문어의 담화를 비교적 잘 수행할 수 있다.
Students will be able to handle both oral and written discourse of weather and life occurring in everyday life in a relatively easy way.
要求比較熟練地掌握有關天气的口頭和書面上的談話。

○ 읽기, 듣기 등 날씨에 필요한 기본적인 언어생활을 익힐 수 있다.
Students will be able to learn basic expressions of weather and life through reading and listening.
要求通過閱讀和听力練習掌握有關天气的基本語言生活。

○ 날씨에 관련된 주제에 관해 짧은 글을 쓸 수 있다.
Students will be able to write a short essay about weather and life.
要求可以用有關天气的主題寫短文。

○ 적절한 기능적 표현을 사용하여 일상생활에 필요한 문법적 표현을 활용할 수 있다.
Students will be able to use grammatical structures necessary for everyday life by employing appropriate functional expressions.
要求能够運用日常所需的語法形式。

학습내용 Contents of Learning 學習內容

○ [Dialogue] (對話)의 어휘 및 내용 파악하기
Knowing vocabulary and meaning in Dialogue. 掌握對話的詞匯和內容。

○ [Dialogue] (對話)를 통한 구문표현(문법, 음운) 이해하기
Understanding syntactic expressions of grammar and phonology in Dialogue
通過對話理解构文表現(語法, 音韻)。

○ 평가하기(문법과 표현, 읽기, 듣기, 쓰기)
Evaluation(Grammar & Expressions, Reading, Listening and Writing)
評价(語法与表現, 閱讀, 听力, 寫作)

○ 정리하기 Summary 綜合

02 학습 내용
Contents of Learning 學習內容

이번 차시는 모두 2개 부분으로 구성하여 우선, 날씨에 관련된 [Dialogue] [對話]와 어휘를 공부할 것이고, 다음으로 [Dialogue] (對話)에 나온 〈문법〉과 〈음운(발음)〉에 대해 공부할 것입니다.

This section consists of two parts. The first part deals with Dialogue and Vocabulary of weather and life. The second part involves grammar and pronunciation in Dialogue.

這堂課分爲兩部分, 首先學習与天气有關的對話和詞匯, 然后學習語法和音韻(讀音規則)。

◆ 다음 [Dialogue] (對話)를 듣고 어떤 내용인지 말해봅시다.

Listen to the Dialogue and tell what it is about. 听對話說內容。

[Dialogue] 對話

응엔	지인 씨, 주말에 계획 있어요?
박지인	아니요, 특별한 계획이 없어요.
응엔	그럼 우리 드라이브 할까요?
박지인	그런데 주말에 눈이 올 것 같다고 하던데요.
응엔	그래요? 그럼 기차여행 하는 게 좋을 듯싶네요.
박지인	함박눈이 오면 좋을 것 같아요.
응엔	아, 너무 기대돼요.
박지인	그런데 어디에 가고 싶어요?
응엔	눈이 내린 흰 산을 보고 싶어요.
박지인	속리산에 가면 아름다운 풍경을 볼 수 있을 거예요.

◆ 위에서 들은 [Dialogue] (對話)에 나온 어휘에 대해 함께 알아보겠습니다.
Let's take a look at vocabulary you hear in Dialogue.
一起學習〈對話〉中的詞匯。

〈대화〉 Conversation 對話

주말 weekend 周末	어디 where 哪儿
계획 plan 計划	흰 white 白色
특별한 special 特別的	산 mountain 山
눈 snow 雪	강촌 Gangchon 江村
드라이브 drive 兜風, 開車	아름다운 beautiful 美麗的
기차여행 train travel 火車旅行	풍경 landscape 風景
함박눈 snow in large flakes 鵝毛大雪	속리산 Mt. Songni 俗离山
기대되다 be expected to 期待	날씨 weather 天气

〈읽기〉 Reading 閱讀

내일 tomorrow 明天	그래서 so 所以
비 rain 雨	버스 bus 公共汽車
오전 forenoon 上午	정류장 bus stop 公共汽車站
오후 afternoon 下午	친구 friend 朋友
맑다 sunny 晴	만나다 meet 遇見
번개 lightening 閃電	시장 market 市場
천둥 thunder 雷電	들리다 drop/stop by 路過 ; 順便訪問
잦다 be very often 頻繁	외출 going out 外出
많은 many 很多	맛있는 delicious 可口的

(비)내리다 rain 下(雨)	요리 cooking 料理
저녁 evening 晩上	만들다 make 制造
구름 cloud 云	솜씨 skill 手藝
(구름)끼다 be cloudy (烏云)籠罩	자랑하다 boast 夸耀
예보 forecast 預報	

 〈듣기〉 Listening 听力

일기 diary 日記	차 tea 茶
요즘 these days 最近	마시다 drink 喝
변덕스럽다 be capricious 多變	해 sun 太陽
뭐 what 什么	지다 set (日)落

◆ 앞의 [Dialogue] (對話)에서 나온 어려운 구문에 대해 다시 학습하도록 하겠습니다. Let's study grammatical structures shown in Dialogue. 學習[對話]中的文章結构.

 〈구문 풀이〉 Structures 构文解析

-(으)ㄹ **것 같다** -seem to, - appear to 好像… ; 希望…
→ 주말에 눈이 **올 것 같다**고 하던데요.
→ 함박눈이 오면 **좋을 것 같아요**.
-(으)ㄹ **거예요** - am (are, is) going to - 會…
→ 속리산에 가면 아름다운 풍경을 **볼 거예요**.
-(으)ㄹ **듯싶다** - is likely to - 最好…
→ 기차여행 하는 게 **좋을 듯싶네요**.
-고 **싶다** want to …, would like to … 想…

> → 어디에 **가고 싶어요**?
> → 눈이 내린 흰 산을 **보고 싶어요**.

   2차시에는 1차시 [Dialogue][對話]에서 나온 어려운 구문에 대한 〈문법〉과 〈음운(발음)〉에 대해 보다 자세하게 학습할 것입니다.

   In the second part of this section, we will study various difficult grammatical structures and pronunciations introduced in Dialogue in some more detail.

   第二堂課要詳細學習第一堂課對話中有一定難度的語法和音韻(讀音規則)。

1 [문법] Grammar 語法

❶ -(으)ㄹ seem to

용언 어간에 관형사형 어미 ㄹ이 붙고, 의존명사 '것(거)'가 결합한다. Adding verb modifier ㄹ to verb root together with a depending noun, '것(거)' 用言詞干先与冠形詞型詞尾ㄹ接續, 再与依存名詞'것(거)'結合。

  ① -(으)ㄹ **것이다** / -(으)ㄹ **거예요** am (are, is) going to 會…

미래에 일어날 의미를 추측한다. Guessing the meaning of event that will happen in the future 推測未來將要發生的事件。

   곧 비가 **올 것이다**.
   오늘은 날씨가 **더울 거예요**.

  ② -(으)ㄹ **듯싶어요** is likely to   好像

'어떠한 것 같다, 무엇인 것 같다'의 의미를 나타낸다. Meaning that 'It is likely to be something taking place' 表示'看起來怎樣, 看似什么'之意。

   A: 무엇을 도와 드릴까요?

B: 밖에 비가 와서 우산이 필요해요.

A: 비가 곧 **그칠 듯싶어요**.

❷ **-고 싶다** want to …, would like to … 想…

용언 어미 '-고' 아래에 보조형용사 '싶다'가 붙어 하고자 하는 마음이 있음을 나타낸다.

Expressing the idea of 'would like to', 'want to' through the use of verbal suffix '-고' followed by a helping adjective '싶다' 用言詞尾'-고'之后續輔助形容詞'싶다'表示心存<u>想要</u>之意。

① 더워서 냉차를 **마시고 싶다**.

② 더워서 수영장에 **가고 싶어요**.

▣ [음운(발음)] Phoneme 音韻(讀音規則)

음절 끝 자음이 그 뒤에 오는 자음과 만날 때, 어느 한쪽이 다른 쪽 자음을 닮아서 그와 비슷한 성질을 가진 자음이나 같은 소리로 바뀌기도 하고, 양쪽이 서로 닮아서 두 소리가 모두 바뀌기도 하는 현상을 자음동화라고 한다. 자음동화에는 비음화와 유음화가 있다.

Consonant assimilation takes place when a syllable-final consonant is followed by another consonant, one consonant is similar or assimilated to another one in pronunciation or two consonants are changed to a new sound. It has two types: nasalization and liquidation.

音節末的子音后續子音時，某一子音變成与另一子音具有相似性質或相同發音，或兩个子音的發音均發生變化的現象称子音同化。子音同化有鼻音化和流音化。

❶ 〈비음화〉 Nasalization 鼻音化

음절 끝 자음인 'ㅂ, ㄷ, ㄱ'이 그 뒤에 오는 자음 'ㄴ, ㅁ'과 만나서 'ㅁ, ㄴ, ㅇ'의 소리로 바뀌는 현상을 비음화라고 한다. Nasalization occurs when syllable-final consonants such as 'ㅂ, ㄷ, ㄱ' followed by consonants like 'ㄴ, ㅁ' change to 'ㅁ, ㄴ, ㅇ'. 鼻音化是指

音節末的輔音'ㅂ, ㄷ, ㄱ'与輔音'ㄴ, ㅁ'相遇后發音變爲'ㅁ, ㄴ, ㅇ'的現象。

① 'ㅂ, ㄷ, ㄱ' → 'ㅁ, ㄴ, ㅇ' ('ㄴ, ㅁ'앞에서)

　밥물 → [밤물],　　　　　　　　잡는다 → [잠는다]

　맏며느리 → [만며느리]

　함박눈 → [함방눈],　　　　　　녹는다 → [농는다]

② 'ㅂ, ㄷ, ㄱ' → 'ㅁ, ㄴ, ㅇ' (ㅂ, ㄷ, ㄱ이 ㄹ과 만나면 우선, ㄹ이 ㄴ으로 바뀐다)

　섭리 → [섭니→섬니]

　몇리 → [멷리→멷니→면니]

　백로 → [백노→뱅노]

　속리산 → [속니산→송니산]

③ 'ㄹ' → 'ㄴ' ('ㅁ, ㅇ' 뒤에서)

　남루 → [남ː누]

　종로 → [종노]

④ 음절의 끝소리규칙이 먼저 일어나고 다음으로 비음화가 일어난다.

　빗물 → [빋물] → [빈물]

　앞날 → [압날] → [암날]

　값있는 → [갑있는] → [가빋는] → [가빈는]

❷ 유음화 Liquidization 流音化

받침 'ㄹ'의 앞뒤에서 'ㄴ'이 'ㄹ'로 바뀌는 현상을 유음화라고 한다.

　칼날 → [칼랄]

　신라 → [실라]

03 평가
Evaluation 評价

이번 차시는 1차시와 2차시에서 학습한 내용에 대해 문제를 풀이하는 시간입니다. 이에 〈문법과 표현〉, 〈읽기〉, 〈듣기〉 그리고 〈쓰기〉 영역으로 나누어 학습할 것입니다.

This section is designed to solve questions about what you learn in the previous two sections. It consists of four parts: Grammar & Expressions, Reading, Listening and Writing.

這堂課對第一, 二堂課的內容要在〈語法與表現〉, 〈閱讀〉, 〈听力〉和〈寫作〉四个方面進行練習。

 [문법과 표현] Grammar and Expressions 語法与表現

1 〈보기〉에서 제시한 예를 참고하여 아래 문제의 (   )을 채우시오.

Referring to the example, fill in the blanks below. 仿照例句填空。

> 보기 A: 내일은 **친구를 만날 것이다**. (친구를 만나다)
>   B: 내일은 **날씨가 추울 거예요**. (날씨가 춥다)

❶ 오늘 저녁에 (바람이 불다)

A: (   )

B: (   )

❷ 오늘 저녁에는 (집에 있다)

A: (   )

B: (   )

2 〈보기〉에서 제시한 예를 참고하여 아래 문제의 (   )을 채우시오.

Referring to the example, fill in the blanks below. 仿照例句填空。

> **보기**　A: 내일 **병원에 갈까요**? (병원에 가다)
>　　　　B: 봄이 와서 곧 **꽃이 필 듯싶어요**. (꽃이 피다)

A: 배가 고픈데 (   ) (밥을 먹다)
B: 집에서 (   ) (쉬는 게 좋다)

3 〈보기〉에서 제시한 예를 참고하여 아래 문제의 (   )을 채우시오.

Referring to the example, fill in the blanks below. 仿照例句填空。

> **보기**　피곤하다, 쉬다 → 피곤해서 쉬고 싶어요.

❶ 비가 오다, 음악을 듣다 → (   )
❷ 배가 고프다, 밥을 먹다 → (   )

[읽기] Reading 閱讀

다음 예문을 읽고 물음에 답하시오.

Read the passage and answer the questions. 閱讀例文回答問題。

> 　내일은 비가 올 듯싶어요. 오전에는 맑다가 오후 들어 번개와 천둥이 잦아서
> 많은 비가 내리고, 저녁에는 구름이 낀다는 날씨 예보가 있었어요. 그래서 내일
> 오전에 버스 정류장에서 친구와 만나서 시장에 들릴 거예요. 오후에는 외출을 하

지 않고 맛있는 요리를 만들 거예요. 친구에게 내 요리 솜씨를 자랑하고 싶어요.

1 내일 오후에 무엇을 할 것인가요?

❶ 비가 올 듯싶다.

❷ 버스정류장에 있을 것이다.

❸ 친구와 만날 것이다.

❹ 요리를 만들 것이다.

2 친구를 어디에서 만날 건가요?

3 내일 날씨(오전, 저녁) 예보는 어떠한가요?

❶ 오전: (   )

오후: 많은 비가 내릴 것이다.

❷ 저녁: (   )

 [듣기] Listening 听力

다음 내용을 듣고 물음에 답하시오.

Listen and answer the questions. 听對話回答問題。

MP3

타픽　곧 비가 올 듯싶어요.

민호　그래요? 일기예보에는 날씨가 맑다고 했는데.

타픽　아무래도 외출하지 않는 게 좋을 것 같아요.

민호 요즘 날씨가 변덕이 심해요.

타픽 비가 오면 뭐 할까요?

민호 차를 마시고 싶어요. 물론, 조용한 음악도 함께 하면서요.

타픽 무슨 차를 좋아하세요?

민호 저는 녹차를 좋아해요. 타픽 씨도 녹차 같이 마실까요

타픽 예, 좋아요. 전에 녹차 마셔봤어요.

1 오늘 날씨는 어떨까요?

　❶ 맑을 것이다.

　❷ 비가 올 것이다.

　❸ 변덕이 심하다.

　❹ 비가 오다 맑을 것이다.

2 오늘 날씨에 대해 일기예보는 뭐라고 했나요?

3 비가 오면 민호는 무엇을 하고 싶은가요?

4 〈보기〉에서 제시한 예를 참고하여 아래 문제의 (   )을 채우시오.

　Referring to the example, fill in the blanks below. 仿照例句填空。

> **보기** (비가 오다. 차를 마시다) → 비가 오면 차를 마시고 싶어요.

　❶ 눈이 오다. 스키를 타다 →

　❷ 해가 지다. 음악을 듣다 →

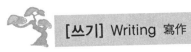

본인의 하루 일과에 대해 쓰세요.

아침:

오전:

오후:

저녁:

밤:

-(으)ㄹ 것 같다 / -(으)ㄹ 것 같아요

- 주말에 눈이 <u>올 것 같다</u>.
- 오늘 오후에 날씨가 <u>더울 것 같다</u>.
- 함박눈이 오면 <u>좋을 것 같아요</u>.

-(으)ㄹ 것이다 / -(으)ㄹ 거예요

- 곧 비가 <u>올 것이다</u>.
- 오늘은 날씨가 <u>더울 거예요</u>.
- 속리산에 가면 아름다운 풍경을 <u>볼 거예요</u>.

-(으)ㄹ 듯싶다 / -(으)ㄹ 듯싶어요

- 기차여행 하는 게 <u>좋을 듯싶다</u>.
- 비가 곧 <u>그칠 듯싶어요</u>.

-고 싶다 / -고 싶어요

- 더워서 냉차를 <u>마시고 싶다</u>.
- 눈이 내린 흰 산을 <u>보고 싶어요</u>.

-면, -고 싶다 / -면, -고 싶어요

- 비가 오면, 차를 마시고 싶다.
- 해가 지면, 음악을 듣고 싶어요.

'ㅂ, ㄷ, ㄱ' → 'ㅁ, ㄴ, ㅇ' ('ㄴ, ㅁ'앞에서)

- 밥물 → [밤물]
- 맏며느리 → [만며느리]
- 함박눈 → [함방눈], 녹는다 → [농는다]

'ㅂ, ㄷ, ㄱ' → 'ㅁ, ㄴ, ㅇ'

- 섭리 → [섭니] → [섬니]
- 속리산 → [속니산] → [송니산]

단어사전 Dictionary of words 詞匯表

주말(weekend) 周末	한 주일의 끝	계획(plan) 計划	어떤 일을 함에 앞서 미리 생각하여 세움
특별한(special) 特別的	보통과 구별되게 다름	눈(snow) 雪	기온이 떨어져 수증기가 응결하여 내리는 흰 결정체
드라이브(drive) 兜風, 開車	차를 운전하다	기차여행(train travel) 火車旅行	기차로 하는 여행
함박눈(snow in large flakes) 鵝毛大雪	함박꽃 송이처럼 굵고 탐스럽게 내리는 눈	기대되다(be expected to) 期待	어느 때를 기약하여 바라게 되다
어디(where) 哪儿	어느 곳	흰(white) 白色	하얀
산(mountain) 山	육지의 표면이 주위의 땅보다 훨씬 높이 솟은 부분	강촌(Gangchon) 江村 (지명)	강원도의 지명으로 경춘선의 역으로 풍경이 아름다운 곳
아름다운(beautiful) 美麗的	좋은 느낌을 자아낼 만큼 고운	풍경(landscape) 風景	경치
속리산(Mt. Songni) 俗离山	충북 보은에 위치한 산	날씨(weather) 天气	기상 상태, 일기
내일(tomorrow) 明天	오늘의 바로 다음 날	비(rain) 雨	대기 중의 수증기가 식어서 물방울이 되어 땅 위로 떨어지는 것
오전(forenoon) 上午	상오	오후(afternoon) 下午	하오
맑다(sunny) 晴	깨끗하다	번개(lightening) 閃電	몹시 빠르게 번쩍이는 빛
천둥(thunder) 雷電	우레	잦다(be very often) 頻繁	빈번하다
많은 many 很多	수효나 분량이 어떤 기준을 넘은	(비)내리다 rain 下雨	(비) 하늘에서 땅으로 내리다
저녁(evening) 晚上	해가 지고 밤이 되기까지의 사이	구름(cloud) 云	대기 중의 수분이 엉기어 하늘에 떠 있는 것
예보(forecast) 預報	앞으로의 일을 미리 예상하여 미리 알림	정류장(bus stop) 公共汽車站	버스를 타고 내리는 곳

친구(friend) 朋友	친하게 사귀는 벗	만나다(meet) 遇見	남과 얼굴을 마주 대하다
시장(market) 市場	여러 가지 상품을 사고 파는 곳	들리다(drop/stop by) 路過	잠깐 거치다
외출(going out) 外出	밖에 나가는 것	맛있는(delicious) 可口	맛이 좋다
요리(cooking) 料理	맛있는 음식을 만드는 일	만들다(make) 制造	원료나 재료 등을 써서 어떤 물건을 만들다
솜씨(skill) 手藝	손으로 무엇을 만드는 재주	자랑하다(boast) 夸耀	남에게 드러내어 뽐내다
일기(weather) 日記	날씨	요즘(these days) 最近	요즈음, 요사이
변덕스럽다(capricious) 多變	변덕을 부리는 성질이나 태도가 있다	차(tea) 茶	차나무의 어린 잎을 따서 만든 음료
마시다(drink) 喝	액체를 목구멍으로 삼키다	해(sun) 太陽	태양
지다(set)(日)落	서쪽으로 넘어가다	밥물(water for boiling) 下米的水	밥을 하기 전에 붓는 물
잡는다(catching) 捕捉	손으로 움키거나 거머쥐다	맏며느리(the eldest wife) 大媳婦	큰아들의 아내
섭리(providence) 法則	자연계를 지배하고 있는 이법	녹는다(melting) 溶化	고체가 높은 온도에서 액체가 되다
백로(snowy heron) 白鷺	해오라기(새)	신라(Nation Silla) 新羅	고대국가의 나라 이름, 삼국(고구려, 백제)을 통일한 국가
남루(shabby clothes with patches) 襤褸	누더기	종로(Province Jongro) 鐘路(지명)	서울에 위치한 지명
빗물(rainwater) 雨水	비가 와서 괸 물	앞날(the days ahead) 將來	미래의 날
값있는(valuable) 有价值的	값이 있는	칼날(the blade of a sword) 刀刃	칼의 얇고 날카로운 부분

메모하세요

제2과

약속 지키기

Keep one's appointment, 守約

01 들어가기
Introduction 導言

　오늘은 〈약속 지키기〉라는 주제로 수업을 진행할 것입니다. 우선, 약속 지키기에 관련된 [Dialogue][對話]와 어휘를 공부할 것이고, 다음으로 [Dialogue] (對話)에 나온 〈문법〉과 〈음운(발음)〉에 대해 공부할 것입니다. 그리고 마지막으로 각 영역별(문법과 표현, 읽기, 듣기, 쓰기 등)로 나누어 문제를 풀이함으로써 다양한 학습효과를 갖도록 할 것입니다.

　The topic of today's lecture is keep one's appointment. First, we will look at Dialogue and Vocabulary about food and culture, and second, learn about grammar and pronunciation of words shown in Dialogue. Finally, we will learn more in the remaining sections of this unit such as 'Grammar & Expressions, Reading, Listening and Writing' mainly through working on various questions.

　今天的課堂主題是〈守約〉。首先學習与守約有關的對話和詞匯，然后學習語法和音韻。最后通過對各个領域(語法与表現，閱讀，听力，寫作等)的練習增强學習效果。

학습목표 Learning goals 學習目標

○ 〈약속 지키기〉에 대해 일상적으로 행해지는 구어와 문어의 담화를 비교적 잘 수행할 수 있다.
Students will be able to handle both oral and written discourse of keep one's appointment occurring in everyday life in a relatively easy way.
比較熟練地掌握有關守約的口頭和書面上的談話。

○ 읽기, 듣기 등 '약속 지키기'에 필요한 기본적인 언어생활을 익힐 수 있다.
Students will be able to learn basic expressions of keep one's appointment through reading and listening.
通過閱讀和听力練習掌握有關守約的基本語言生活。

○ '약속 지키기'에 관련된 주제에 관해 짧은 글을 쓸 수 있다.
Students will be able to write a short essay about weather and life.
可以用与守約有關的主題寫短文。

○ 적절한 기능적 표현을 사용하여 일상생활에 필요한 문법적 표현을 활용할 수 있다.
Students will be able to use grammatical structures necessary for everyday life by employing appropriate functional expressions.
能够運用日常所需的語法形式。

학습내용 Contents of Learning 學習內容

○ [Dialogue] (對話)의 어휘 및 내용 파악하기
Knowing vocabulary and meaning in Dialogue 掌握[對話]的詞匯和內容

○ [Dialogue] (對話)를 통한 구문표현(문법, 음운) 이해하기
Understanding syntactic expressions of grammar and phonology in Dialogue
通過[對話]理解构文表現(語法, 音韻)。

○ 평가하기(문법과 표현, 읽기, 듣기, 쓰기)
Evaluation(Grammar & Expressions, Reading, Listening and Writing)
評价(語法与表現, 閱讀, 听力, 寫作)

○ 정리하기 Summary 綜合

02 학습 내용
Contents of Learning 學習內容

이번 차시는 모두 2개 부분으로 구성하여 우선, 약속지키기에 관련된 [Dialogue] (對話)와 어휘를 공부할 것이고, 다음으로 [Dialogue] (對話)에 나온 〈문법〉과 〈음운(발음)〉에 대해 공부할 것입니다.

This section consists of two parts. The first part deals with Dialogue and Vocabulary of weather and life. The second part involves grammar and pronunciation in Dialogue.

這堂課分爲兩部分, 首先學習与守約有關的對話和詞匯, 然后學習語法和音韻(讀音規則)。

◆ 다음 [Dialogue] (對話)를 듣고 어떤 내용인지 말해봅시다.

Listen to the Dialogue and tell what it is about. 听對話說內容。

[Dialogue] 對話

[대화 1]

응엔	지인 씨, 지난 주말에 제 고향에서 친한 친구가 한국에 왔어요. 그래서 지인 씨랑 같이 점심을 먹고 나서 이야기를 나누고 싶은데 시간 있어요?
박지인	좋아요. 언제 만날까요?
응엔	친구가 일주일 후에 고향으로 돌아가니까 모레 어때요?
박지인	잠깐만요, 모레가 무슨 요일이에요?
응엔	수요일이에요.
박지인	수요일에는 교수님과 점심 약속이 있어서 안 되겠어요. 목요일은 어때요?
응엔	좋아요. 그럼 목요일로 정해요.

[대화 2]

응엔	그런데 지인 씨, 요즘 많이 바쁜가 봐요?
박지인	네, 대학원에 입학하고 싶거든요. 그래서 준비하느라고 바빠요.
응엔	그래요? 준비 잘 돼요?
박지인	그런데 공부를 할수록 더 어려운 것 같아요.
응엔	아마, 좋은 결과가 있을 거예요.
박지인	고마워요. 응엔 씨. 그런데 목요일에 몇 시에 만날까요?
응엔	오후 1시에 학교 후문 신라식당 어때요?
박지인	네. 괜찮아요.
응엔	그런데 지난번처럼 늦으면 안 돼요. 그리고 우리 점심을 먹고 나서 영화를 보러 갈까요?
박지인	알았어요. 이번에는 늦지 않을게요. 목요일에 만나요.

[어휘] Vocabulary 詞匯

◆ 위에서 들은 [Dialogue] (對話)에 나온 어휘에 대해 함께 알아보겠습니다.
Let's take a look at vocabulary you hear in Dialogue.
一起學習〈對話〉中的詞匯。

〈대화〉 Conversation 對話

지난 last 上(周末)	괜찮다 be not so bad 可以
고향 hometown 家鄉, 老家, 故鄉	좋은 good, well 好
친하다 be familiar 親	입학 entrance into 入學
돌아가다 go back / return 回	어떠하다 be like 怎么樣
이야기 story 話	결과 result 結果
이번에 this time 這次	아마 perhaps 可能
모레 the day 后天 after tomorrow 明天	영화 movie 電影

며칠 several/a few days 几号 정하다 decide 定 대학원 graduate school 研究生院 준비 preparation 准備 준비하다 prepare 准備	목요일 Thursday 星期四 늦다 late 晚 후문 a back gate 后門 -지 않다 be not allowed to 不 지난번 last time 上次

 〈읽기〉 Reading 閱讀

고국 one's homeland 故國 한국 Korea 韓國 친한 intimate 親 다녀오다 visit 探訪 오랜만에 after long time 好久 정말 truth 眞 반갑다 glad 高興 월요일 Monday 星期一 함께 together 一起 인사동 Insadong 仁寺洞 구경 Looking around 看 때문에 because of 因此 물건 a thing 東西	감탄 wonder 感嘆 한식당 Korean restaurant 韓式餐館 불고기 bulgogi 烤肉 맛있다 be delicious 好吃 후에 after 以后 바쁘다 busy 忙 경주 Gyeongju 慶州 옛 old 古 신라 Silla 新羅 전에 before 以前 전통 tradition 傳統 문화 culture 文化

 〈듣기〉 Listening 听力

토요일 Saturday 星期六	극장 theater 劇場

◆ 앞의 [Dialogue] (對話)에서 나온 어려운 구문에 대해 다시 학습하도록 하겠

습니다. Let's study grammatical structures shown in Dialogue.
學習[對話]中的文章結構

 〈구문 풀이〉Structures 构文解析

> **-고 나서** after -之后
>   → 지인 씨랑 같이 점심을 **먹고 나서** 이야기를 나누고 싶은 데 시간있어요?
> **-(으)ㄹ수록** The comparative ..., the comparative ...
>   (The more ..., the more ...) 越…越
>   → 그런데 공부를 **할수록** 더 어려운 것 같아요.
> **-하느라고** because of, thanks to, due to 因爲…
>   → 그래서 **준비하느라고** 바빠요.
> **-지 않을게요** intend not to ... 不…
>   → 이번에는 **늦지 않을게요.**

이번 차시에는 [Dialogue] (對話)에서 나온 어려운 구문에 대한 〈문법〉과 〈음운(발음)〉에 대해 보다 자세하게 학습할 것입니다.

In the second part of this section, we will study various difficult grammatical structures and pronunciations introduced in Dialogue in some more detail.

這堂課要詳細學習[對話]中有一定難度的語法和音韻(讀音規則)。

1 [문법] Grammar 語法

❶ -고 나서 after -之后

동사의 어미 '-고' 아래에 보조동사 '나다'가 쓰여 그러한 동작이나 일이 끝남을 나타낸다.

Expressing a completion of event or action by the use of verbal suffix '-고' combined with a helping verb '나다'

動詞語尾'-고'后續補助動詞'나다'表示這种動作的結束。

A: 점심을 **먹고 나서** 영화를 보러 갈까요?

B: 공부를 **하고 나서** 운동을 할 거예요.

❷ **-(으)ㄹ수록** The comparative …, the comparative …

(The more …, the more …) 越…越

모음으로 끝난 어간 밑에 쓰이는 종속적 연결어미로 어떤 일이 더하여 감에 따라 다른 일이 그에 비례하여 더하거나 덜하여 감을 나타낸다.

As a subordinating connective suffix used with root ending in vowel expressing the meaning that one thing depends on another thing.

作爲從屬的連接語尾，用于以母音結尾的詞干或表示尊敬的之后，表示某种事情的變化依賴于另一种事情。

A: 공부를 **할수록** 어려워요.

B: 지위가 **높을수록** 겸손해야 합니다.

▨ [음운(발음)] Phoneme 音韻(讀音規則)

유음화 Liquidization 流音化

음절 끝 자음인 'ㄴ'이 그 앞뒤에 오는 자음 'ㄹ'과 만나서 'ㄹ'의 소리로 바뀌는 현상을 유음화라고 한다.

Liquidization occurs when a syllable-final consonant 'ㄴ' preceded or followed by a consonant 'ㄹ' changes to 'ㄹ'.

音節末子音'ㄴ'前后接子音'ㄹ'時發音變爲'ㄹ'的現象称爲流音化。

'ㄴ'→'ㄹ'('ㄹ'의 앞뒤에서)

신라 → [실라]

칼날 → [칼랄]

설날 → [설랄]

할 일 → [할닐] → [할릴]

03 평가
Evaluation 評价

이번 차시는 앞에서 학습한 내용에 대해 문제를 풀이하는 시간입니다. 이에 〈문법과 표현〉, 〈읽기〉, 〈듣기〉 그리고 〈쓰기〉 영역으로 나누어 학습할 것입니다.

This section is designed to solve questions about what you learn in the previous two sections. It consists of four parts: Grammar & Expressions, Reading, Listening and Writing.

這堂課要對前面所學內容分〈語法与表現〉, 〈閱讀〉, 〈听力〉, 〈寫作〉四个部分進行練習。

[문법과 표현] Grammar and Expressions 語法与表現

1 〈보기〉에서 제시한 예를 참고하여 아래 문제의 ( )을 채우시오.

Referring to the example, fill in the blanks below. 仿照例句填空。

보기 청소를 하다. 도서관에 가다

→ A: 청소를 하고 나서 도서관에 갈까요?

B: 청소를 하고 나서 도서관에 갈 거예요.

---

❶ 식사를 하다. 이야기를 나누다.

A: ( )

B: ( )

❷ 영화를 보다. 쇼핑하다.

A: ( )

B: (   )

2 〈보기〉에서 제시한 예를 참고하여 아래 문제의 ( )을 채우시오.

Referring to the example, fill in the blanks below. 仿照例句填空。

보기 책을 읽다. 재미있다.
→ A; 책을 읽을수록 재미있어요.
　　B: 책을 읽을수록 재미있습니다.

---

❶ 이야기를 나누다. 친해지다.
A: (   )
B: (   )

❷ 한국문화를 이해하다. 관심이 많다
A: (   )
B: (   )

 [읽기] Reading 閱讀

다음 예문을 읽고 물음에 답하시오.

Read the passage and answer the questions. 閱讀例文回答問題。

　지난 주말에 고국에서 친한 친구가 한국에 왔습니다. 친구를 오랜만에 만나서 정말 반가웠습니다. 월요일에는 그 친구와 함께 인사동에 다녀왔습니다. 사람들한테 인사동 이야기를 많이 들었지만 가 본 적은 없었습니다. 고국에서는 많은 곳을 구경하러 다녔었는데 한국에 와서는 공부 때문에 구경을 다니지 못했습니다. 인사동에서 한국의 많은 물건들을 구경할 수 있었습니다. 아름다운 한국의 물건들을

보고 우리는 감탄했습니다. 친구와 구경을 하고 나서 한식당에 가서 점심을 먹었는데 친구는 불고기를 많이 먹었습니다. 한국의 불고기가 맛있었나 봅니다.

　오늘은 고국 친구와 함께 한국 친구 지인 씨를 만났습니다. 지인 씨는 요즘 대학원 입학 때문에 많이 바쁜가 봅니다. 우리는 함께 영화를 보러 극장에 갔습니다. 즐거운 하루를 보내고 집으로 왔습니다. 며칠 후에 친구가 돌아갑니다. 돌아가기 전에 친구에게 경주도 구경시켜 주고 싶습니다. 한국의 옛 나라인 신라의 전통과 문화를 알려주려고 합니다.

1 인사동에 누구와 갔나요?

2 고국에서 친구가 와서 어디에 갔는지 순서에 맞게 쓰세요.

　　인사동 → (　　　　　　　　　) → (　　　　　　　　　) → 집

3 위의 문장 내용과 맞으면 O, 다르면 X를 하세요.
　❶ 월요일에 고국에서 친구가 와서 함께 인사동에 갔습니다.(　　　)
　❷ 인사동에서 한국 친구인 박지인 씨를 만났습니다. (　　　)
　❸ 인사동 구경을 하고 불고기를 먹었습니다. (　　　)
　❹ 친구와 함께 경주를 다녀왔습니다. (　　　)

4 친구에게 경주를 구경시켜 주고 싶은 이유는 무엇인가요?

다음은 〈듣기〉 문제입니다. A와 B의 대화를 잘 듣고 물음에 답하시오.

Listen to the conversation between A and B and answer the questions.

請听A和B的對話回答問題。

MP3

민희　토요일에 뭐 할 거예요?

라훌　글쎄요, 아직 특별한 계획이 없어요.

민희　그럼 시장에 갈까요?

라훌　시장보다는 극장에 가고 싶어요.

민희　아, 그게 좋을 듯싶군요.

---

1 민희는 어디에 가고 싶은가요?

2 라훌은 어디에 가고 싶은가요?

3 본문에서 민희와 라훌의 가고 싶은 표현 방식대로 아래 사항을 같은 유형의 문장
으로 만드세요.

Make your sentences in the same way as 민희와 라훌 in the conversation
expressed.

請仿照 민희와 라훌的對話完成下列文章。

A: 시장에 가다

B: 극장에 가다

→ A: 그럼 시장에 갈까요?

B: 시장보다는 극장에 가고 싶어요.

❶ A: 산에 가다

B: 바닷가에 가다

→ A:

B:

❷ A: 백화점에 가다

B: 체육관에 가다

→ A:

B:

[쓰기] Writing 寫作

아래 〈보기〉 단어를 넣어서 약속에 대한 5-6개의 문장을 만드세요.

Make 5-6 sentences to make a promise using the words in the list.

請用下列詞匯造5-6个關于約定的句子。

보기	주말, 친구, 세종문화회관, 음악회

-고 나서

- 공부를 **하고 나서** 운동을 할거예요.
- 점심을 **먹고 나서** 영화를 보러 갈까요?

-(으)ㄹ수록

- 공부를 **할수록** 어려워요.
- 많이 **뛸수록** 땀이 나요.

-하느라고

- 요즘 새로운 일을 **준비하느라고** 바빠요.
- 바가 고파 **먹느라고** 친구가 온 것을 몰랐어요.

-지 않을게요

- 이번에는 **늦지 않을게요**.
- 내일은 시장에 **가지 않을게요**.

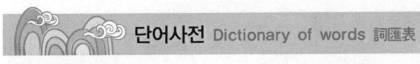

단어사전 Dictionary of words 詞匯表

지난 last 上	이미 지나가버린 과거	고향 hometown 家鄉, 老家, 故鄉	자기가 태어나 자란 곳
친하다 be familiar 親	가까이 사귀어 정이 두텁다	돌아가다 go back 回	본래 있던 자리로 다시 가다
이야기 story 話	어떤 사물이나 현상에 관하여 일정한 줄거리를 잡아 하는 말이나 글	이번에 this time 這次	이제 돌아온 바로
모레 the day after tomorrow 后天	내일의 다음날	며칠 several 几号	그 달의 몇째 날
정하다 decide 定	판단하여 잡다	대학원 graduate school 研究生院	대학을 졸업하고 학문을 더 깊이 연구하는곳
준비 preparation 准備	미리 마련하여 갖춤	극장 theater 劇場	영화관
괜찮다 be not so bad 可以	별로 나쁘지 않다	입학 entrance into 入學	학교에 들어가다
결과 result 結果	열매를 맺음	아마 perhaps 可能	거의, 대개
영화 movie 電影	영상예술, 시네마	목요일 Thursday 星期四	수요일 다음날
늦다 late 晚	때가 지나 뒤져 있다	후문 a back gate 后門	뒷문
고국 one's homeland 故國	조상 적부터 살아온 나라	한국 Korea 韓國	대한민국
친한 intimate 親	정이 두터운	다녀오다 visit 探訪	목적지에 다녀오다
오랜만에 after long time 好久	오랜 시간이 지난 후에	정말 truth 眞	거짓이 없는 진실한 말
반갑다 glad 高興	즐겁고 기쁘다	월요일 Monday 星期一	일요일 다음 날, 둘쨋날
함께 together 一起	같이	인사동 Insadong 仁寺洞	서울에 있는 지명
구경 Looking around 看	경치, 행사 등을 보고 즐기는 일	때문에 because of 因此	까닭이나 원인
물건 a thing 東西	일정한 형체를 갖춘 모든 물질적 대상	감탄 wonder 感嘆	감동하여 찬탄함
한식당 Korean restaurant 韓式餐館	한국음식을 하는 식당	불고기 bulgogi 烤肉	소고기 등을 양념하여 구운 음식

맛있다 be delicious 好吃	음식이 맛이 좋다	**후에** after 以后	나중에
바쁘다 busy 忙	일이 많이 쉴 겨를이 없다	**경주** Gyeongju 慶州	경상도에 있는 지명, 예 신라국의 수도
옛 old 古	오래 전	**신라** Silla 新羅	고대국가(삼국시대)의 경상도지역을 중심으로 한 국가
전에 before 以前	어떤 시간 앞에	**전통** tradition 傳統	지난 시대에 이미 이루어져 전하여 내려오는 것
문화 culture 文化	문명이 발달되어 생활이 편리하게 되는 일	**토요일** Saturday 星期六	칠요일의 마지막날, 주말
겸손 humility 謙虛	남을 높이고 자기를 낮추는 태도	**운동** exercise 運動	건강을 위하여 신체를 움직이는 일
지위 position 地位	개인의 사회적 신분에 따르는 위치나 자리	**음악회** concert 音樂會	은악을 연주하여 청중이 감상하게 하는 모임

메모하세요

제3과

위치와 교통
Location and Traffic, 位置與交通

01 | 들어가기
Introduction 導言

오늘은 〈위치와 교통〉이라는 주제로 수업을 진행할 것입니다. 우선, '위치와 교통'에 관련된 [Dialogue]와 어휘를 공부할 것이고, 다음으로 [Dialogue]에 나온 〈문법〉과 〈음운 (발음)〉에 대해 공부할 것입니다. 그리고 마지막으로 각 영역별(문법과 표현, 읽기, 듣기, 쓰기 등)로 나누어 문제를 풀이함으로써 다양한 학습효과를 갖도록 할 것입니다.

The topic of today's lecture is location and traffic. First, we will look at Dialogue and Vocabulary about location and traffic, and second, learn about grammar and pronunciation of words shown in Dialogue. Finally, we will learn more in the remaining sections of this unit such as 'Grammar & Expressions, Reading, Listening and Writing' mainly through working on various questions.

今天的課堂主題是〈位置與交通〉。首先學習與'位置與交通'有關的對話和詞匯，然后學習語法和音韻。最后通過對各个領域(語法與表現，閱讀，听力，寫作等)的練習增强學習效果。

학습목표 Learning goals 學習內容

○ '위치와 교통'에 대해 일상적으로 행해지는 구어와 문어 담화를 비교적 잘 수행할 수 있다.
Students will be able to handle both oral and written discourse of location and traffic occurring in everyday life in a relatively easy way.
比較熟練地掌握有關'位置与交通'的口頭和書面上的談話。

○ 읽기, 듣기 등 '위치와 교통'에 필요한 기본적인 언어생활을 익힐 수 있다.
Students will be able to learn basic expressions of location and traffic through reading and listening.
通過閱讀和听力練習掌握有關'位置与交通'的基本語言生活。

○ '위치와 교통'에 관련된 주제에 관해 짧은 글을 쓸 수 있다.
Students will be able to write a short essay about location and traffic.
可以用有關'位置与交通'的主題寫短文。

○ 적절한 기능적 표현을 사용하여 일상생활에 필요한 문법적 표현을 활용할 수 있다.
Students will be able to use grammatical structures necessary for everyday life by employing appropriate functional expressions.
能够運用日常所需的語法形式。

학습내용 Contents of Learning 學習內容

○ [Dialogue] (對話)의 어휘 및 내용 파악하기
Knowing vocabulary and meaning in Dialogue. 掌握對話的詞匯和內容。

○ [Dialogue] (對話)를 통한 구문표현(문법, 음운) 이해하기
Understanding syntactic expressions of grammar and phonology in Dialogue
通過[對話]理解构文表現(語法, 音韻)。

○ 평가하기(문법과 표현, 읽기, 듣기, 쓰기)
Evaluation(Grammar & Expressions, Reading, Listening and Writing)
評价(語法与表現, 閱讀, 听力, 寫作)

○ 정리하기 Summary 綜合

02 학습 내용
Contents of Learning 學習內容

　이번 차시는 모두 2개 부분으로 구성하여 우선, 위치와 교통에 관련된 [Dialogue] (對話)와 어휘를 공부할 것이고, 다음으로 [Dialogue] (對話)에 나온 〈문법〉과 〈음운(발음)〉에 대해 공부할 것입니다.

　This section consists of two parts. The first part deals with Dialogue and Vocabulary of location and traffic. The second part involves grammar and pronunciation in Dialogue.

　這堂課分爲兩部分，首先學習有關'位置与交通'的對話和詞匯，然后學習語法和音韻(讀音規則)。

◆ 다음 [Dialogue] (對話)를 듣고 어떤 내용인지 말해봅시다.
　Listen to the Dialogue and tell what it is about. 听對話說內容。

[Dialogue] 對話

산토시	인수 씨, 경복궁은 유명한 고궁이라면서요?
인수	그럼요, 경복궁은 아주 오랜 역사를 가지고 있기 때문에 유명해요.
산토시	여기서 먼가요? 경복궁에 가기 위해서 어떻게 해야 하지요?
인수	서울에 있어서 조금 멀어요. 지하철을 타고, 서울역에서 3호선으로 갈아타세요. 그리고 경복궁역에서 내리면 돼요.
산토시	아직 수업이 끝나지 않았는데 괜찮은가요?
인수	아, 그래요? 수업이 끝나기가 무섭게 서둘러서 가야 해요.
산토시	고마워요. 갔다가 올게요.
인수	네, 그럼, 잘 다녀와요.

◆ 위에서 들은 [Dialogue] (對話)에 나온 어휘에 대해 함께 알아보겠습니다.
Let's take a look at vocabulary you hear in Dialogue.
一起學習〈對話〉中的詞匯。

〈대화〉 Conversation 對話

위치 Location 位置	역사 history 歷史
교통 traffic 交通	같이 together 一起
경복궁 Gyeongbokgung 景福宮	어떻게 how 怎么
유명하다 famous 有名	지하철 subway 地鐵
고궁 old palace 故宮	혼자 alone 獨自
아주 quite 很	(-기) 무섭다(-자마자) right after 馬上
오랜 old 古老	잘 favorably, well 好好儿

〈읽기〉 Reading 閱讀

지난달 last month 上个月	걸어가다 walk 走
서울 Seoul 首爾	수업 class 課
타다 take 乘坐	늦잠 oversleeping 懶覺
역 station 車站	놓치다 fail to catch 錯過
학교 school 學校	지각 being late 遲到
정도 degree 程度	문 gate way 門
(시간)걸리다 take time 花費	뛰다 run 跑
종종 with short quick paces, often 碎步, 偶爾	닫히다 get closed 被關上
조금 a little 一点, 稍	플랫폼 platform 站台
멀다 far 遠	움직이다 move 移動

인천공항 Incheon airport 仁川机場	얼마나 how much 多少
몇 번 a few times 几次	여기서 here 這里
길 road, street 路	-쯤 about 大約
건너가다 go over 過	-까지 until 到
오른쪽 the right side 右邊	

◆ 앞의 [Dialogue] (對話)에서 나온 어려운 구문에 대해 다시 학습하도록 하겠습니다. Let's study grammatical structures shown in Dialogue. 學習[對話]中的文章結構

 〈구문 풀이〉 Structures 构文解析

-(으)로 갈아타다 transfer to －換乘
→ 서울역에서 3호선으로 갈아 타세요.
-기 때문에 because, since 因爲
→ 아주 오랜 역사를 가지고 있기 때문에 유명해요.
-기 위해서 in order to 爲
→ 경복궁에 가기 위해서 어떻게 해야 하지요?
-기 무섭게 right (immediately) after 馬上, 立刻
→ 수업이 끝나기가 무섭게 서둘러서 가야 해요.

이번 차시에는 앞의 [Dialogue] (對話)에서 나온 어려운 구문에 대한 〈문법〉과 〈음운(발음)〉에 대해 보다 자세하게 학습할 것입니다.

In the second part of this section, we will study various difficult grammatical structures and pronunciations introduced in Dialogue in some more detail.

這堂課要詳細學習前面[對話中有一定難度的語法和音韻(讀音規則)。

1 [문법] Grammar 語法

-기 때문에/무섭게/마련이다/시작하다

❶ -기 때문에 because, since 因爲

용언의 어간 뒤에 명사형 어미 '-기'를 붙이고, 이유를 나타내는 '때문에'가 결합된다.

Adding nominal suffix '-기' to verbal root together with '때문에' expressing reason

用言詞干后接續名詞形語尾'-기', 再与表示原因的'때문에'結合。

예) 오다 → 오기 때문에,   내리다 → 내리기 때문에

출퇴근 <u>시간이기 때문에</u> 복잡하다. (출퇴근 시간이다. 복잡하다)

❷ -기가 무섭게 right t(immediately) after 馬上, 立刻

용언의 어간 뒤에 명사형 어미 '-기'에 '가'를 붙이고, '-자마자 곧'의 의미를 나타내는 형용사 '무섭게'가 결합된다.

Adding nominal suffix '-기' plus '가' to verbal root together with an adjective '무섭게' meaning '-자마자 곧'(right after)

用言詞干后接續名詞形語尾'-기', 再与表示'馬上, 立刻的 形容詞 '무섭게' 結合。

예) 알다 → 알기가 무섭게,   도착하다 → 도착하기가 무섭게

그 아이는 집을 <u>찾기가 무섭게</u> 엉엉 울었다. (집을 찾다. 무섭다)

❸ -기(게) 마련이다 It is natural ... There is no wonder...
  結合表示 理所当然的結果

용언의 어간 뒤에 명사형 어미 '-기'나 부사형 어미 '-게'를 붙이고, '마련이다'와 결합함

으로써 '그리 됨, 그리 되는 것이 당연함'의 의미가 된다.

Adding a nominal suffix '-기' or an adverbial suffix '게' to verbal root together with '마련이다' expresses '그리 됨, 그리 되는 것이 당연함' meaning 'It is natural…' 'There is no wonder…'

用言詞干后接續名詞形語尾'-기'或副詞形語尾'게', 再与'마련이다'結合表示 '理所当然的結果'。

예) 놀라다 → 놀라기(게) 마련이다,   복잡하다 → 복잡하기(게) 마련이다.

운전을 오래하면 피곤하**기 마련이다**. (운전을 오래하다, 피곤하다)

❹ -기 시작하다   *start(begin) to* 結合

용언의 어간 뒤에 명사형 어미 '-기'를 붙이고, 처음의 의미인 '시작하다'가 결합된다.

Adding a nominal suffix '-기' to verbal root together with '시작하다' meaning '…start(begin) to…'

用言詞干后接續名詞形語尾'-기' 再与表示起始之意的 '시작하다'結合。

예) 보다 → 보기 시작하다,   노력하다 → 노력하기 시작하다

공항에 도착하자마자 비가 **오기 시작했다**. (공항에 도착하다. 비가 오다)

평가
Evaluation 評价

　이번 차시는 1차시와 2차시에서 학습한 내용에 대해 문제를 풀이하는 시간입니다. 이에 〈문법과 표현〉, 〈읽기〉, 〈듣기〉 그리고 〈쓰기〉 영역으로 나누어 학습할 것입니다.

　This section is designed to solve questions about what you learn in the previous two sections. It consists of four parts: Grammar & Expressions, Reading, Listening and Writing.

　這堂課要對第一, 二堂課所學的內容分〈語法与表現〉, 〈閱讀〉, 〈听力〉, 〈寫作〉四个部分進行練習。

 [문법과 표현] Grammar and Expressions 語法与表現

1 〈보기〉에서 제시한 예를 참고하여 아래 문제의 ( )을 채우시오.
Referring to the example, fill in the blanks below. 仿照例句填空。

❶ **-기 때문에**

> **보기** 출퇴근 시간이**기 때문에** 복잡하다. (출퇴근 시간이다. 복잡하다)

일이 많다. 늦게 퇴근한다 → (　　　　　　　　　　　　　)

❷ **-기가 무섭게**

> **보기** 그 아이는 집을 찾**기가 무섭게** 엉엉 울었다. (집을 찾다. 무섭다)

잠자리에 들다. 전화가 온다 → (　　　　　　　　　　　　　)

❸ -기(게) 마련이다

> 보기   운전을 오래하면 피곤하**기 마련이다**. (운전을 오래하다, 피곤하다)

잠을 설치다. 졸리다 → (   )

❹ -기 시작하다

> 보기   공항에 도착하자마자 비가 오**기 시작했다**.
>
>   (공항에 도착하다. 비가 오다)

집을 나서다. 전화벨이 울리다 → (   )

[읽기] Reading 閱讀

다음 예문을 읽고 물음에 답하시오.

Read the passage and answer the questions. 閱讀例文回答問題。

> 마이클 씨는 지난 달부터 인하대학교에서 한국어를 공부하기 시작했어요. 마이클 씨 집은 서울이어서 아침마다 지하철을 타고 학교에 와요. 지하철을 타면 학교까지 한 시간 정도 걸려요. 마이클 씨 집에서 지하철 역까지는 조금 멀어서 지하철 역까지 걸어가야 해요. 그런데 마이클 씨는 종종 늦잠을 자기 때문에 지하철을 놓치는 경우가 있어요. 그런 날은 지각을 하기 마련이지요.
> 오늘도 마이클 씨는 늦잠을 자고 말았어요. 그래서 일어나기가 무섭게 지하철역까지 뛰어야 했어요. 그러나 마이클 씨의 눈앞에서 전철의 문이 닫혔어요. 전철은 마이클 씨를 플랫폼에 두고 움직이기 시작했어요. 마이클 씨는 너무나도 속상했어요. 결국 마이클 씨는 오늘도 수업에 지각을 하게 되었어요.

▌1 마이클 씨는 학교에 어떻게 오나요?

2 마이클 씨가 종종 지하철을 놓치는 이유는 무엇인가요?

3 오늘 마이클 씨는 왜 속상했나요?

 [듣기] Listening 听力

다음은 〈듣기〉 문제입니다. A와 B의 대화를 잘 듣고 물음에 답하시오.
Listen to the conversation between A and B and answer the questions.
請听A和B的對話回答問題。

 A 인천공항에 가려고 하는데, 몇 번 버스를 타야 하나요?
B 인천공항 가려면 길을 건너가서 오른쪽으로 50미터 정도 가야 해요.
건너가서 111번 버스를 타세요.
A 여기서 공항까지 얼마나 걸리나요?
B 1시간쯤 걸려요.
A 감사합니다.

1 인천공항 가는 버스는 몇 번인가요?

2 공항가기 위한 버스 정류장은 어디에 있나요?

3 공항까지 얼마나 걸리나요?

 [쓰기] Writing 寫作

당신의 집의 위치는 어디인지, 그리고 그 주변에 무엇이 있는지를 쓰고, 학교에 오는 교통편을 써 보세요.

Specify where you are living and what surrounds your house. Then describe how to get to campus from the house.

寫出您的住宅位置及周邊設施, 并寫出到校的交通手段。

-기 때문에

- 집에 가**기 때문에** 마음이 설렌다.
- 출퇴근 시간이**기 때문에** 복잡하다.

-기가 무섭게

- 그 아이는 집을 찾**기가 무섭게** 엉엉 울었다.
- 밥을 먹**기가 무섭게** 잠을 잤다.

-기(게) 마련이다

- 운전을 오래하면 피곤하**기 마련이다**.
- 누우면 잠들**기 마련이다**.

-기 시작하다

- 공항에 도착하자마자 비가 오**기 시작했다**.
- 엄마를 보자마자 울**기 시작했다**.

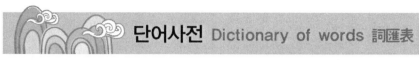

단어사전 Dictionary of words 詞匯表

위치 Location 位置	자리나 처소	교통 traffic 交通	사람이나 물건을 실어나르는 일
경복궁 Gyeongbokgung 景福宮	조선(1395년 창건) 시대 제일의 궁궐	유명하다 famous 有名	이름이 널리 알려져 있다
고궁 old palace 故宮	옛 궁궐	아주 quite 很	대단히, 매우
역사 history 歷史	인간 사회가 거쳐 온 변천의 모습	지하철 subway 地鐵	땅 속에 굴을 파서 부설한 철도
혼자 alone 獨自	자기 한 몸, 단독으로	무섭다 fearful 可怕	두려운 느낌이 있다
서울 Seoul 首爾	한국의 수도(지명)	타다 take 乘坐	탈 것에 몸을 싣다
역 station 車站	철도의 정거장	학교 school 學校	교육을 하는 기관
정도 degree 程度	알맞은 한도	(시간)걸리다 take time 花費	시간이 소요되다
조금 a little 一点	정도나 분량이 적게	멀다 far 遠	거리가 많이 떨어져 있다
걸어가다 walk 走	탈 것을 타지 않고 다리를 이용하여 가다	수업 class 課	학업이나 기술을 가르쳐 줌
늦잠 oversleeping 懶覺	늦게까지 자는 잠	놓치다 fail to catch 錯過	잡거나 얻은 것을 도로 잃다
지각 being late 遲到	정해진 시각보다 늦음	문 gate way 門	드나들거나 여닫도록 된 시설
뛰다 run 跑	걷지 않고 달리다	닫히다 get closed 被關上	닫음을 당하다
플랫폼 platform 站台	정거장의 승강장	움직이다 move 移動	위치를 옮겨 가며 동작을 계속하다
인천공항 Incheon airport 仁川机場	인천시 영종도에 있는 국제공항	몇 번 a few times 几次	얼마 만큼의 수
길 road, street 路	사람이 다닐 수 있도록 만들어진 길	건너가다 go over 過	건너서 맞은편으로 가다
오른쪽 the right side 右邊	동쪽을 향하였을 때, 남쪽에 해당하는 방향	얼마나 how much 多少	얼마만큼이나, 얼마쯤이나

-쯤 about 大約	정도를 나타내는 말	-까지 until 到	어떤 움직이는 상태나 동작이 끝나는 한계를 뜻함
출퇴근 attendance and leaving one's office 上下班	출근과 퇴근을 아우르는 말	복잡 complexity 夏雜	겹치고 뒤섞여 어수선함
운전 driving 開車	자동차를 움지여 부리는 일	전화 telephone 電話	전화기로 말을 주고 받는 일
(잠을) 설치다 be sleepless 失眠	잠을 충분히 자지 못하다	피곤하다 tired 疲勞	몸이 지쳐서 고단하다
졸리다 sleeping 困	졸음을 당하다		

제4과

음식과 문화
Food and Culture, 飲食与文化

01 들어가기
Introduction 導言

　오늘은 〈음식과 문화〉라는 주제로 수업을 진행할 것입니다. 따라서 우선, 음식과 문화에 관련된 [Dialogue] (對話)와 어휘를 공부할 것이고, 다음으로 [Dialogue] (對話)에 나온 〈문법〉과 〈음운(발음)〉에 대해 공부할 것입니다. 그리고 마지막으로 각 영역별(문법과 표현, 읽기, 듣기, 쓰기 등)로 나누어 문제를 풀이함으로써 다양한 학습효과를 갖도록 할 것입니다.

　The topic of today's lecture is food and culture. First, we will look at Dialogue and Vocabulary about food and culture, and second, learn about grammar and pronunciation of words shown in Dialogue. Finally, we will learn more in the remaining sections of this unit such as 'Grammar & Expressions, Reading, Listening and Writing' mainly through working on various questions.

　今天的課堂主題是〈飲食与文化〉。首先學習与'飲食与文化'有關的對話和詞匯，然后學習語法和音韻。最后通過對各个領域(語法与表現，閱讀，听力，寫作等)的練習增强學習效果。

학습목표 Learning goals 學習內容

○ '음식과 문화'에 대해 일상적으로 행해지는 구어와 문어 담화를 비교적 잘 수행할 수 있다.
Students will be able to handle both oral and written discourse of food and culture occurring in everyday life in a relatively easy way.
比較熟練地掌握有關'飲食与文化'的口頭和書面上的談話。

○ 읽기, 듣기 등 '음식과 문화'에 필요한 기본적인 언어생활을 익힐 수 있다.
Students will be able to learn basic expressions of food and culture through reading and listening.
通過閱讀和听力練習掌握有關'飲食与文化'的基本語言生活。

○ '음식과 문화'에 관련된 주제에 관해 짧은 글을 쓸 수 있다.
Students will be able to write a short essay about food and culture.
可以用有關'飲食与文化'的主題寫短文。

○ 적절한 기능적 표현을 사용하여 일상생활에 필요한 문법적 표현을 활용할 수 있다.
Students will be able to use grammatical structures necessary for everyday life by employing appropriate functional expressions.
能够運用日常所需的語法形式。

학습내용 Contents of Learning 學習內容

○ [Dialogue] (對話)의 어휘 및 내용 파악하기
Knowing vocabulary and meaning in Dialogue. 掌握對話的詞匯和內容。

○ [Dialogue] (對話)를 통한 구문표현(문법, 음운) 이해하기
Understanding syntactic expressions of grammar and phonology in Dialogue.
通過對話理解构文表現(語法, 音韻)。

○ 평가하기(문법과 표현, 읽기, 듣기, 쓰기)
Evaluation(Grammar & Expressions, Reading, Listening and Writing)
評价(語法与表現, 閱讀, 听力, 寫作)

○ 정리하기 Summary 小結

02 학습 내용
Contents of Learning 學習內容

모두 2차시로 구성하여 1차시는 음식과 문화에 관련된 [Dialogue][對話]와 어휘를 공부할 것이고, 2차시는 [Dialogue] (對話)에 나온 〈문법〉과 〈음운(발음)〉에 대해 공부할 것입니다.

This section consists of two parts. The first part deals with Dialogue and Vocabulary of food and culture. The second part involves grammar and pronunciation in Dialogue.

這堂課分爲兩部分, 首先學習有關飮食与文化的對話和詞匯, 然后學習語法和音韻(發音)。

◆ 다음 [Dialogue] (對話)를 듣고 어떤 내용인지 말해봅시다.

Listen to the Dialogue and tell what it is about. 听對話說內容。

[Dialogue] 對話

빌리 한국의 음식 문화를 알고 싶어요.

소라 그럼, 제가 식당으로 안내할게요.

빌리 **고마워요**. 한국의 김치찌개와 된장찌개가 유명하다고 들었어요.

소라 아, 그래요. 뭘 드시겠어요?

빌리 친구들이 김치찌개에 대해서 알려고 해요. 그래서 제가 먼저 **먹어**보고 싶어요.

소라 아, 잘 됐네요. 저도 김치찌개를 먹으려던 참이었어요. 그런데, 김치찌개는 좀 매워요.

빌리 그래요? 그래도 도전해보고 싶어요. **냄비**에 끓인 것이 신기해요. 그런데, 저 사람들이 먹는 음식은 뭔가요?

소라 예, 저 음식은 설렁탕이라고 해요.

> 빌리 맛있어 보이네요.
>
> 소라 그럼, 다음에는 설렁탕을 먹지요. 설렁탕 역시 우리 전통 음식 중 하나
>   로 담백해요.
>
> 빌리 다음에는 이 식당에 **와서** 설렁탕을 먹어봐야겠어요.

[어휘] Vocabulary 詞匯

◆ 위에서 들은 [Dialogue] (對話)에 나온 어휘에 대해 함께 알아보겠습니다.
Let's take a look at vocabulary you hear in Dialogue.
一起學習〈對話〉中的詞匯。

〈대화〉 Conversation 對話

음식 food 飮食	도전 challenge 挑戰
문화 culture 文化	설렁탕 bone and internals soup
식당 restaurant 飯店	牛雜碎湯
안내 guide 領	맛있다 be delicious 好吃
김치찌개 a pot stew with Kimchi	전통 tradition 傳統
泡菜湯	담백 be flat and no fat 淸淡
된장찌개 a pot stew with bean paste	짜다 be salty 鹹
醬湯	냄비 pot 鍋
유명 fame 有名	신기하다 mysterious 新奇
맵다 be spicy 辣	

〈읽기〉 Reading 閱讀

냉면 cold buckwheat noodles 冷面	삼계탕 ginseng chicken 參鷄湯
차갑다 be cold 凉	찹쌀 sticky rice 糯米
국수 noddles 面條	인삼 ginseng 人參
여름 summer 夏天	대추 jujube 大棗
맛있는 delicious 可口的, 美味的	밤 chestnut 栗子
조금 a little, a few 一点	끓이다 boil 煮
멀다 be far away 遠	복날 any one of the three 'dog days'
택시 taxi 出租汽車	伏天

 〈듣기〉 Listening 听力

몽골 Mongol 蒙古	급하다 be in hurry 急
중국 China 中國	노래방 Room for singing 練歌廳
갈비 Ribs 排骨	아주 very 非常
삼겹살 three-ply pork 五花肉	

◆ 앞의 [Dialogue] (對話)에서 나온 어려운 구문에 대해 다시 학습하도록 하겠습니다. Let's study grammatical structures shown in Dialogue. 學習[對話]中的文章結构.

 〈구문 풀이〉 Structures 构文解析

-(으)려고 하 intend to ... plan to ... 想要
→ 알려고 해요.

> **-(으)려던 참이다** be going to... be about to ... 剛要
>
> → 먹으려던 참이었어요.
>
> **-(으)려면** If ... want(s) to ....要想
>
> → 김치찌개를 먹으려면
>
> **-(이)라고 하다** ... be called(named) ...叫做
>
> → 설렁탕이라고 해요.
>
> **-아(어)보고 싶다** feel like 想(嘗試)...
>
> → 먹어보고 싶어요.
>
> **-아(어) 보이다** look... seem(appear) ... 看起來
>
> → 맛있어 보이네요.

이번 차시에서는 1차시 [Dialogue] (對話)에서 나온 어려운 구문에 대한 〈문법〉과 〈음운(발음)〉에 대해 보다 자세하게 학습할 것입니다.

In the second part of this section, we will study various difficult grammatical structures and pronunciations introduced in Dialogue in some more detail.

這堂課要詳細學習第一堂課[對話]中有一定難度的語法和音韻(發音)。

1 [문법] Grammar 語法

-(으)려 ... in order to ..., Or ... has(have) an intention to ... 要

모음으로 끝난 동사 어간이나 높임의 '-시-' 아래 쓰이는 연결어미이다.

This is a connective ending used below verb root ending in vowel or honorific '-시-'.

用于以母音結尾的動詞詞干或表示尊敬的'-시-'之后的連接語尾。

❶ -(으)려면 If ... want(s) to ....要想

앞의 말이 뒷말의 전제나 조건이 됨. The expression preceding -(으)려면 is a precondition of the expression following it. 前句爲后句的前提和條件。

사랑을 <u>받으려면</u> 먼저 사랑해라.

공항을 <u>가려면</u> 어디로 가야 하나요?

❷ **-(으)려거든** ... in order to ..., Or ... has(have) an intention to ... 要想...就

가정적 조건을 나타냄. This indicates a hypothetical condition. 表示假定的條件。

　밥을 <u>먹으려거든</u> 일을 해야 한다.

　<u>오려거든</u> 빨리 와라.

❸ **-(으)려다가** ..., but ... 原想...但

어떤 동작이 이루어질 듯하다가 다른 동작으로 바뀜. A certain action comes near occurring, but changes to another action. 停止原所要做的動作或狀態, 而轉向另一種動作或狀態。

　밥을 <u>먹으려다가</u> 그냥 잤다.

　책을 <u>읽으려다가</u> TV를 보았다.

❹ **-(으)려고 하다** intend to ... plan to ... 想要

장차 하려는 의도를 나타냄. This indicates an intention or plan to do something in the future. 表示將來要做某种事情的意圖或計划。

　오늘 친구를 <u>만나려고 한다</u>.

　지금 책을 <u>읽으려고 해요</u>.

▣ [음운(발음)] Phoneme 音韻(讀音規則)

❶ 모음조화 Vowel harmony 母音調和

양성모음('ㅏ, ㅗ, ㅑ, ㅛ')은 양성모음끼리, 음성모음('ㅓ, ㅜ, ㅡ, ㅕ, ㅠ')은 음성모음끼리 어울리는 현상이다. 특히, 의성어와 의태어에서는 지금도 철저히 지켜지고 있다.

This is a phonetic process showing that positive vowels like ('ㅏ, ㅗ, ㅑ, ㅛ') get together with positive vowels while negative vowels like ('ㅓ, ㅜ, ㅡ, ㅕ, ㅠ') go along with ('ㅓ, ㅜ, ㅡ, ㅕ, ㅠ'). This process can be clearly seen in onomatopoeia and words to express mimicry of behavior or appearance.

是指陽性母音与陽性母音、陰性母音与陰性母音相配用的現象, 擬聲、擬態詞尤其嚴格尊循這个規則。

① 막+아서 → 막아서, 잡+아서 → 잡아서, 오+아서 → 와서

먹+어서 → 먹어서, 줄+어서 → 줄어서, 주+어서 → 줘서

② 졸졸 : 줄줄, 캄캄하다 : 컴컴하다, 알록달록 : 얼룩덜룩

살랑살랑 : 설렁설렁, 찰찰 : 철철, 달달 : 들들

[참고] 다음은 모음조화가 붕괴된 것이다.

고마워, 괴로워, 아름다워, 깡충깡충, 오순도순, 오뚝이, 소꿉놀이

❷ 모음동화 Vowel assimilation 母音同化

모음과 모음 간에 일어나는 동화 현상으로 'ㅏ, ㅓ, ㅗ, ㅜ'가 'ㅣ'모음의 영향으로 'ㅐ, ㅔ, ㅚ, ㅟ' 등으로 변하는 현상('ㅣ'모음 역행동화)을 말한다. 이들 발음은 대부분 표준어로 인정하지 않는다.

This is a phonetic process of assimilation among vowels in which due to the influence of vowel 'ㅣ', vowels like 'ㅏ, ㅓ, ㅗ, ㅜ' change into 'ㅐ, ㅔ, ㅚ, ㅟ' which are not considered standard pronunciation.

是母音和母音之間發生的同化現象, 指ㅏ, ㅓ, ㅗ, ㅜ受母音'ㅣ'的影響變爲'ㅐ, ㅔ, ㅚ, ㅟ' ('ㅣ'母音逆行同化)。此發音一般不被認定爲標准語。

먹이다 → [메기다]   창피 → [챙피]

올창이 → [올챙이]   남비 → [냄비]

아지랑이 → [아지랭이]   시골나기 → [시골내기]

멋장이 → [멋쟁이]   수수꺼끼 → [수수께끼]

[참고] 냄비, 멋쟁이, 올챙이, 시골내기 등은 'ㅣ'모음 역행동화로 표준어로 인정된
 것이다. Changed vowels in words like 냄비, 멋쟁이, 올챙이, 시골내기, and
 수수께끼' through assimilation are considered standard pronunciation.

[參考] 냄비, 멋쟁이, 올챙이, 시골내기 等 雖爲'ㅣ'母音逆行同化, 但被認定爲標准語。

03 평가
Evaluation 評价

이번 차시는 1차시와 2차시에서 학습한 내용을 문제를 풀이하는 시간입니다. 이에 〈문법과 표현〉, 〈읽기〉, 〈듣기〉 그리고 〈쓰기〉 영역으로 나누어 학습할 것입니다.

This section is designed to solve questions about what you learn in the previous two sections. It consists of four parts: Grammar & Expressions, Reading, Listening and Writing.

這堂課要對第一, 二堂課的內容分〈語法與表現〉, 〈閱讀〉, 〈听力〉, 〈寫作〉四个部分進行練習。

 [문법과 표현] Grammar and Expressions 語法与表現

1 〈보기〉에서 제시한 예를 참고하여 아래 문제의 ( )을 채우시오.
Referring to the example, fill in the blanks below. 仿照例句填空。

> **보기** 대학에 합격하다. 열심히 공부하다
> → 대학에 합격하려면 열심히 공부해라

키가 크다. 매일 운동하다 → (   )

> **보기** 영화를 보다. 늦지 않다. → 영화를 보려거든 늦지 않아야 한다.

상품을 받다. 빨리 오다. → (   )

바다를 가다. 산에 가다 → (   )

[읽기] Reading 閱讀

다음 예문을 읽고 물음에 답하시오.

Read the passage and answer the questions. 閱讀例文回答問題。

오늘은 왕단 씨와 냉면을 먹으려고 해요. 냉면은 차가운 국수라는 뜻이에요. 한국 사람들이 여름에 많이 먹어요. 맛있는 냉면을 먹으려면 여기서 조금 멀어요. 그래서 버스를 타려다가 택시를 타려고 해요. 나는 또한 삼계탕을 좋아해요. 다음 주에는 삼계탕을 먹으러 갈 거예요. 삼계탕은 닭의 몸속에 찹쌀, 인삼, 대추, 밤 등을 넣어서 끓인 음식인데 정말 맛이 있어요. 그리고 몸에 좋은 음식이에요. 특히 복날에 많이 먹어요.

 오늘 먹으려는 음식은 무엇인가요?

 삼계탕은 언제 많이 먹나요?

 삼계탕은 닭의 몸 속에 무엇을 넣나요?

다음 내용을 듣고 물음에 답하시오.

Listen and answer the questions. 听對話回答問題。

MP3 어제는 같은 반 몽골 친구인 아로나의 생일이었습니다. 그래서 우리반 10명은 모두 한식당에 가서 갈비 5인분과 삼겹살 6인분을 먹었습니다. 정말 맛있게 잘 먹었습니다. 중국 친구인 왕려영은 집에 급한 일이 있어서 먼저 갔고, 나머지는 모두 노래방에 갔습니다. 모두 노래를 1곡씩 불렀습니다. 아주 재미있는 하루였습니다.

1 식당에 가서 먹은 음식은 무엇인가요?

2 노래방에 간 사람은 모두 몇 명인가요?

3 어제 생일인 사람은 어느 나라 누구인가요?

당신이 먹어 본 한국의 음식에 대해 쓰고, 그 맛은 어떠했는지를 쓰세요.

Name the kinds of Korean food you have ever had, and describe how you have felt about them. 請寫出你所吃過的韓國飲食和其味道。

04 정리하기
Summary 綜合

-(으)려면

- 사랑을 <u>받으려면</u> 먼저 사랑해라.
- 공항을 <u>가려면</u> 어디로 가야 하나요?

-(으)려거든

- 밥을 <u>먹으려거든</u> 일을 해야 한다.
- <u>오려거든</u> 빨리 와라.

-(으)려다가

- 밥을 <u>먹으려다가</u> 그냥 잤다.
- 책을 <u>읽으려다가</u> TV를 보았다.

-(으)려고 하다

- 오늘 친구를 <u>만나려고 한다</u>.
- 지금 책을 <u>읽으려고 해요</u>.

모음조화

- 막+아서 → 막아서, 잡+아서 → 잡아서, 오+아서 → 와서
- 먹+어서 → 먹어서, 줄+어서 → 줄어서, 주+어서 → 줘서

모음동화

- 먹이다 → [메기다]
- 올창이 → [올챙이]
- 아지랑이 → [아지랭이]
- 멋장이 → [멋쟁이]

창피 → [챙피]

남비 → [냄비]

시골나기 → [시골내기]

수수꺼끼 → [수수께끼]

단어사전 Dictionary of words 詞彙表

단어	뜻	단어	뜻
음식 food 飮食	사람이 먹고 마시는 것	문화 culture 文化	생활이 보다 편리하게 되는 일
식당 restaurant 飯店	음식을 만들어 파는 가게	안내 guide 領	데리고 다니면서 소개하는 것
김치찌개 a pot stew with Kimchi 泡菜湯	김치를 넣고 끓여서 만든 음식	된장찌개 a pot stew with bean paste 醬湯	된장 등을 넣고 끓여서 만든 음식
유명 fame 有名	이름이 널리 알려져 있음	맵다 be spicy 辣	입 안이 화끈거리도록 알알한 맛이 있다.
도전 challenge 挑戰	보다 나은 수준에 승부를 걸다	설렁탕 bone and internals soup 牛雜碎湯	소의 머리, 발 등을 넣고 푹 고아서 만든 국
맛있다 be delicious 好吃	맛이 좋다	전통 tradition 傳統	이어져 내려오는 사상, 관습, 행동 등 생활 양식
담백 be flat and no fat 淸淡	맛이나 빛이 산뜻함	짜다 be salty 咸	소금맛과 같다
냄비 pot 鍋	음식을 끓이는 데 쓰이는 솥보다 작은 기구	신기하다 mysterious 新奇	새롭고 기이하다
냉면 cold buckwheat noodles 冷面	찬국에다 말아서 먹는 메밀국수	차갑다 be cold 凉	싸늘하게 차다
국수 noddles 面條	밀가루를 반죽하여 가늘게 빼낸 식품	여름 summer 夏天	네 철의 하나로 더운 계절
맛있는 delicious 可口的, 美味的	맛이 좋은	조금 a little, a few 一点	정도나 분량이 적게
멀다 be far away 遠	거리가 많이 떨어져 있다	택시 taxi 出租汽車	영업용 자동차
삼계탕 ginseng chicken 參鷄湯	닭의 내장을 빼고 인삼을 넣고 곤 보약	찹쌀 sticky rice 糯米	찰벼를 찧은 쌀
인삼 ginseng 人參	약용으로 쓰이는 두릅나무과의 다년초	대추 jujube 大棗	대추나무의 열매
밤 chestnut 栗子	밤나무의 열매	끓이다 boil 煮	음식을 익히다
복날 any one of the three 'dog days' 伏天	복이 되는 날로 초복, 중복, 말복이 있음	몽골 Mongol 蒙古	몽골 국가

중국 China 中國	중국 국가	갈비 Ribs 排骨	소나 돼지의 뼈에 붙은 살
삼겹살 three-ply pork 五花肉	비계가 안팍으로 붙은 돼지고기	급하다 be in hurry 急	일을 서두르다
노래방 Room for singing 練歌廳	노래 반주기를 설치한 방	아주 very 非常	대단히
책 book 書	도서, 서적	읽다 read 讀	소리를 내어 글을 보다
그냥 as it is 一直 ; 仍然 ; 就那樣 ;	그 모양 그대로	오뚝이 tumbling doll 不倒翁	아무렇게나 굴려도 오뚝 오뚝 일어나게 만든 장난감
고맙다 grateful 謝謝	남의 은혜나 신세를 입어 마음이 흐뭇함	괴롭다 painful 難受	몸이나 마음이 편하지 않고 고통스럽다
소꿉놀이 playing house 過家家儿	아이들이 소꿉을 가지고 살림살이 흉내를 내며 노는 놀이	아름답다 beautiful 美麗	마음에 좋은 느낌을 자아낼 만큼 곱다
창피 shame, disgrace 丟臉	체면 깎을 일을 당하여 부끄러움	올챙이 tadpole 蝌蚪	개구리의 어린 새끼
수수께끼 riddle, enigma 謎語	사물을 빗대어 말하여 그 뜻이나 이름을 알아 맞히는 놀이	멋쟁이 dude, dandy 赶時髦的人	멋이 있는 사람
시골내기 yokel 鄉下佬	시골에서 자란 사람		

제5과

여행과 예매
Travel and Advance purchase, 旅行与預購

01 | 들어가기
Introduction 導言

　　오늘은 〈여행과 예매〉travel and advance purchase라는 주제로 수업을 진행할 것입니다. 우선, '여행과 예매'에 관련된 [Dialogue] (對話)와 어휘를 공부할 것이고, 다음으로 [Dialogue][對話]에 나온 〈문법〉과 〈음운(발음)〉에 대해 공부할 것입니다. 그리고 마지막으로 각 영역별(문법과 표현, 읽기, 듣기, 쓰기 등)로 나누어 문제를 풀이함으로써 다양한 학습효과를 갖도록 할 것입니다.

　　The topic of today's lecture is travel and advance purchase. First, we will look at Dialogue and Vocabulary about travel and advance purchase, and second, learn about grammar and pronunciation of words shown in Dialogue. Finally, we will learn more in the remaining sections of this unit such as 'Grammar & Expressions, Reading, Listening and Writing' mainly through working on various questions.

　　今天的課堂主題是〈旅行与預購〉。首先學習与'旅行与預購'有關的對話和詞匯, 然后學習語法和音韻。最后通過對各个領域(語法与表現, 閱讀, 听力, 寫作等)的練習增强學習效果。

학습목표 Learning goals 學習內容

○ '여행과 예매'에 대해 일상적으로 행해지는 구어와 문어 담화를 비교적 잘 수행할 수 있다.
Students will be able to handle both oral and written discourse of travel and advance purchase occurring in everyday life in a relatively easy way. 比較熟練地掌握有關'旅行与預購'的口頭和書面上的談話。

○ 읽기, 듣기 등 여행과 예매에 필요한 기본적인 언어생활을 익힐 수 있다.
Students will be able to learn basic expressions of travel and advance purchase through reading and listening. 通過閱讀和听力練習掌握有關'旅行与預購'的基本語言生活。

○ '여행과 예매'에 관련된 주제에 관해 짧은 글을 쓸 수 있다.
Students will be able to write a short essay about travel and advance purchase. 可以用有關'旅行与預購'的主題寫短文。

○ 적절한 기능적 표현을 사용하여 일상생활에 필요한 문법적 표현을 활용할 수 있다.
Students will be able to use grammatical structures necessary for everyday life by employing appropriate functional expressions. 可以用有關'旅行与預購'的主題寫短文。

학습내용 Contents of Learning 學習內容

○ [Dialogue] (對話)의 어휘 및 내용 파악하기
Knowing vocabulary and meaning in Dialogue. 掌握[對話]的詞匯和內容。

○ [Dialogue] (對話)를 통한 구문표현(문법, 음운) 이해하기
Understanding syntactic expressions of grammar and phonology in Dialogue 通過[對話]理解构文表現(語法, 音韻)。

○ 평가하기(문법과 표현, 읽기, 듣기, 쓰기)
Evaluation(Grammar & Expressions, Reading, Listening and Writing) 評价(語法与表現, 閱讀, 听力, 寫作)

○ 정리하기 Summary(Grammar & Expressions, Reading, Listening and Writing) 小結

모두 2차시로 구성하여 1차시는 '여행과 예매'에 관련된 [Dialogue] (對話)와 어휘를 공부할 것이고, 2차시는 [Dialogue] (對話)에 나온 〈문법〉과 〈음운(발음)〉에 대해 공부할 것입니다.

This section consists of two parts. The first part deals with Dialogue and Vocabulary of travel and advance purchase. The second part involves grammar and pronunciation in Dialogue.

這堂課分爲兩部分, 首先學習有關'位置与交通'的對話和詞匯, 然后學習語法和音韻(發音)。

◆ 다음 [Dialogue] (對話)를 듣고 어떤 내용인지 말해봅시다.

Listen to the Dialogue and tell what it is about. 听對話說內容。

[Dialogue] 對話

> 박혜인 아사코 씨, 이번 주말에 어디에 갈 거예요?
>
> 아사꼬 친구하고 같이 동해안에 있는 정동진에 가려고 해요. 신문에서 봤는데 정동진이 낭만적인 데이트 장소 1위로 뽑혔어요.
>
> 박혜인 맞아요. 정동진은 해돋이 풍경이 유명한 곳으로 데이트 장소로도 정말 낭만적이에요. 정동진은 몇 년 전에 드라마의 배경 장소로 나온 이후로 아주 유명해졌어요.
>
> 아사꼬 그렇군요. 빨리 정동진에 가보고 싶어요.
>
> 박혜인 해돋이를 보려면 아침 일찍 일어나야 해요. 물론 졸리지만 정말 좋은 경험을 할 거예요. 그런데 기차표는 예매했어요?
>
> 아사꼬 아니요, 아직 예매 못했어요. 어디에 가서 예매를 해야 하지요?

박혜인 요즘은 인터넷으로 예매할 수 있게 돼서 아주 편리해요.
아사꼬 그래요? 잘 됐네요. 고마워요.

[어휘] Vocabulary 詞匯

◆ 위에서 들은 [Dialogue] (對話)에 나온 어휘에 대해 함께 알아보겠습니다.
Let's take a look at vocabulary you hear in Dialogue.
一起學習〈對話〉中的詞匯。

 〈대화〉Conversation 對話

동해안 East sea 東海岸	배경 background 背景
정동진 Chungdongjin 正東津	유명하다 be noted for 有名
신문 newspaper 報紙	어디 where 哪里
낭만적이다 be romantic 浪漫的	편리 convenience 方便
뽑히다 be chosen 被入選	인터넷 the Internet 因特网
장소 place 地方	예매 advance purchase 預購
해돋이 sun rise 日出	무궁화호 Mugunghwa train 号
뽑히다 be chosen(被)入選	설경 snowscape 雪景
드라마 drama 電視劇	

◆ 3차시에서 학습할 〈읽기〉, 〈듣기〉에서 나올 〈어휘〉에 대해 공부할 것입니다.

〈읽기〉 Reading 閱讀

최근 recently, lately 最近	최초 the first 最初
설문조사 survey 問卷調査	종합 synthesis, all-round 綜合
결과 result 結果	전파탑 an electric(radio) wave tower 電波塔
촬영지 place for photographing, filming 攝影地	가장 most 最
관광열차 sightseeing train	한강 Han river 漢江
연인 lover, sweetheart 戀人	둔치 waterside 江岸
가족 family 家族, 家人	도심 downtown 城市中心
방송 broadcast 广播	휴식 rest, break 休息
수도권 the capital region 首都圈	공간 space 空間
송출 sending out 發送	

 〈듣기〉 Listening 听力

고객 customer 顧客	밤기차 night train 夜車
안내원 guide 導游	새벽 dawn 凌晨
강릉 Gangnung 江陵	관광 tour, sightseeing 觀光
시내 downtown 市內	주변 vicinity, neighborhood 周邊
동해안 East sea 東海岸	배 ship 船
남쪽 southern 南邊	관광안내소 information center 觀光介紹所
지점 point 地点	
청량리 Cheongyangri 清凉里	직행버스 non-stop bus 直通車

◆ 앞의 [Dialogue] (對話)에서 나온 어려운 구문에 대해 다시 학습하도록 하겠습니다. Let's study grammatical structures shown in Dialogue. 學習[對話]中的文章結构.

> -히 → 정동진이 낭만적인 데이트 장소 1위로 **뽑혔더라고요**.
>
> -어지 → 드라마의 배경 장소로 나온 이후로 아주 **유명해졌어요**.
>
> -리 → 물론 **졸리지만** 정말 좋은 경험을 할 거예요.

1 [문법] Grammar 語法

문장의 주어가 남의 행동을 입어서 행해지는 동작을 나타내는 동사를 피동사(被動詞)라고 한다. Passive verbs express an action that subject in sentence undergoes through the influence of an agent.

動詞所表示的動作是受他人的行動而發生的。這種動詞称被動詞。

❶ 단형구조의 피동(파생접사)에 의한 피동문

Passive sentence by passivity(derivative affix) of short structure

單形結构(派生助詞)被動句

어휘적 피동문이라고도 하며 능동사의 어근에 피동접미사 '-이, -히, -리, -기'를 붙여서 피동문이 된다.

Passive sentence is also called lexical passive sentence, and is formed by adding passive suffix like '-이, -히, -리, -기' to root of active verb.

又叫作詞匯被動句, 能動詞的詞根后接被動接尾詞'-이, -히, -리, -기'成爲被動句。

> 하늘에 무지개를 보았다. → 하늘에 무지개가 **보였**(보+이+었)다.
>
> 경찰이 도둑을 잡았다. → 도둑이 경찰에게 **잡혔다**(잡+히+었)다.
>
> 파도소리를 들었다. → 저 멀리에서 파도소리가 **들렸**(들+리+었)다.
>
> 전화를 끊었다. → 갑자기 전화가 **끊겼**(끊+기+었)다.

❷ 장형구조의 피동(보조동사)애 의한 피동문

Passive sentence by passivity(helping verb) of long structure

長形結构(補助動詞)被動句

　보조적 연결어미에 보조동사가 결합된 '-아(어/여)지다'를 용언의 어기에 연결하여 통사적 피동문이 된다.

　Syntactic passive sentence is formed by linking '-아(어/여)지다' created through combining a helping connective ending with a helping verb to root of a declinable word(verb or adjective).

　用言語基后接續補助連接語尾和補助動詞結合的 '-아(어/여)지다'成爲被動句。

　　　코를 막다 → 코가 **막아졌**(막+아지+었)다.
　　　소원을 이루다 → (드디어 저의) 소원이 **이루어졌(이루+어지+었)다.**

2 **[음운(발음)]** Phoneme 音韻(讀音規則)

　〈구개음화〉 Palatalization 口盖音化

　끝소리가 'ㄷ, ㅌ'인 형태소가 'ㅣ'혹은 반모음 'ㅣ'로 시작되는 형식 형태소와 만나면 'ㅈ, ㅊ'으로 발음되는 음운현상을 구개음화라고 한다. Palatalization occurs when morphemes whose final sounds are 'ㄷ, ㅌ' meet with formal morphemes starting with vowel 'ㅣ' or semi vowel 'ㅣ', and change into 'ㅈ, ㅊ'.

　口盖音化是以'ㄷ, ㅌ'結尾的語素(形態素)与以'ㅣ'或半母音'ㅣ'開頭的語素連接時變爲'ㅈ, ㅊ'的音韻現象。

예) 해+돋+이: [해도디 → 해도지]

　　굳+이: [구디 → 구지]

　　닫+히+다: [다티다 → 다치다]

　　같+이: [가티 → 가치]

3차시는 1차시와 2차시에서 학습한 내용을 문제를 풀이하는 시간입니다. 이에 〈문법과 표현〉, 〈읽기〉, 〈듣기〉 그리고 〈쓰기〉 영역으로 나누어 학습할 것입니다.

　　This section is designed to solve questions about what you learn in the previous two sections. It consists of four parts: Grammar & Expressions, Reading, Listening and Writing.

　　這堂課要對第一, 二堂課的內容分〈語法与表現〉, 〈閱讀〉, 〈听力〉, 〈寫作〉四个部分進行練習。

 [문법과 표현] Grammar and Expressions 語法与表現

1️⃣ 〈보기〉에서 제시한 예를 참고하여 아래 문제의 (　)을 채우시오.
　Referring to the example, fill in the blanks below. 仿照例句填空。

> **보기**　책을 책상 위에 놓다 → 책이 책상 위에 (놓이다)

영미가 아기를 안다 → 아기가 영미에게 (　　　　　　　　　　　)
영호가 음악을 듣다 → 음악이 영호에게 (　　　　　　　　　　　)
아저씨가 물고기를 잡다 → 아저씨에게 물고기가 (　　　　　　　　)

> **보기**　코를 막다 → 코가 (막아지다)

전화를 끊다 → 전화가 (　　　　　　　　　　　　　　　　　)

밭이 잘 갈린다 → 밭이 잘 (   )

 [읽기] Reading 閱讀

다음 예문을 읽고 물음에 답하시오.
Read the passage and answer the questions. 閱讀例文回答問題。

최근 한국의 가장 낭만적인 데이트 장소는 어디인가에 대한 설문조사 결과가
나왔다. 1위는 정동진, 2위는 N서울타워, 3위는 한강 둔치, 4위는 청계천 순이었다.
1위로 뽑힌 정동진은 드라마 '모래시계'의 촬영지로 유명해졌으며, 아름다운 해돋
이를 볼 수 있는 곳이기도 하다. 매일 청량리역에서 정동진행 해돋이 관광열차가
운행되고 있어 많은 연인들과 가족들이 정동진을 찾고 있다. 2위의 N서울타워는
1969년 TV와 라디오 방송을 수도권에 송출하기 위해 한국 최초의 종합 전파탑으로
세워졌다. 이곳은 서울의 아름다운 모습을 볼 수 있도록 가장 높은 곳에 위치해
있어 인기가 많다. 3위의 한강 둔치와 4위를 차지한 한강 청계천 역시 도심 속의
휴식을 제공하는 공간으로 많은 사람들에게 사랑받고 있는 장소이다.

---

1 가장 낭만적인 데이트 장소로 어느 곳이 뽑혔습니까?

2 정동진은 왜 유명합니까?

3 N서울타워는 무엇을 하는 곳입니까?

다음 내용을 듣고 물음에 답하시오.

Listen and answer the questions. 听對話回答問題。

 고객　수고 많습니다. 정동진은 강릉 시내에서 동해안을 따라 남쪽으로 약 18㎞ 떨어진 지점에 있어 청량리에서 11시 밤기차를 타면 새벽 5시에 도착하는 것으로 알고 있습니다. 정동진 관광을 하고 돌아올 때는 좀더 빠른 버스를 타려고 합니다. 이번에 정동진 여행이 처음이라 인터넷 검색도 해봤지만 잘 모르겠습니다. 혹시 정동진과 그 주변을 관광시켜 주는 버스가 있는지요? 그리고 서울까지 오는 버스가 또한 있는지 알려주시면 감사하겠습니다.

안내원　안녕하세요? 고객님이 생각하시는 정동진 관광투어버스는 없습니다. 정동진 역광장 쪽에 있는 금진유람선(033-644-5480)에서 배를 승선하는 고객들을 위해 마련한 관광버스는 있습니다. 정동진 관광안내소 전화는 033-640-4536입니다. 그리고 정동진에서 동서울로 가는 임시 직행버스가 있습니다. 고맙습니다.

1 정동진은 강릉 시내에서 동해안을 따라 얼마나 떨어져 있나요?

　❶ 남쪽으로 28㎞　　　　**❷** 동쪽으로 18㎞

　❸ 남쪽으로 18㎞　　　　**❹** 동쪽으로 28㎞

2 정동진에서 서울로 오는 버스는 어떤 버스인가요?

　❶ 남서울로 오는 고속버스　　**❷** 동서울로 오는 고속버스

　❸ 동서울로 오는 직행버스　　**❹** 북서울로 오는 직행버스

3 청량리에서 정동진까지 기차로 몇 시간이 걸리나요?

자신이 가고 싶은 여행지를 정하고 표를 예매하는 대화문을 만들어 보세요.

Decide the sightseeing place you want to visit, and make a conversation in which you try to make an advance purchase for a round-trip ticket.

決定自己想要去的旅行地，寫出預購車票的對話。

04 정리하기
Summary 綜合

1. 피동접미사

(1) - 이, -히, -리, -기

- 하늘에 무지개를 보았다. → 하늘에 무지개가 **보였**(보+이+었)다.
- 경찰이 도둑을 잡았다. → 도둑이 경찰에게 **잡혔다**(잡+히+었)다.
- 파도소리를 들었다. → 저 멀리에서 파도소리가 **들렸**(들+리+었)다.
- 전화를 끊었다. → 갑자기 전화가 **끊겼**(끊+기+었)다.

(2) - 아(어/여)지다

- 코를 막다 → 코가 **막아졌**(막+아지+었)다.
- 소원을 이루다 → (드디어 저의) 소원이 **이루어졌**(이루+어지+었)**다.**

2. 구개음화

- 해+돋+이: [해도디 → 해도지]
- 굳+이: [구디 → 구지]
- 닫+히+다: [다티다 → 다치다]
- 같+이: [가티 → 가치]

단어사전 Dictionary of words 詞匯表

동해안 East sea 東海岸	대한민국 동쪽에 있는 해안	정동진 Jeongdongjin 正東津	드라마 촬영지로 유명한 동해의 바닷가
신문 newspaper 報紙	새소식을 알려주는 매체	낭만적이다 be romantic 浪漫的	분위기가 달콤하다
뽑히다 be chosen (被)入選	여럿 가운데서 선택되다	장소 place 地方	곳, 자리
해돋이 sun rise 日出	해가 막 돋아(솟아) 오르는 때	드라마 drama 電視劇	연극, 방송극
설경 snowscape 雪景	눈이 내린 경치, 풍경	배경 background 背景	뒤의 경치
유명하다 be noted for 有名	이름이 널리 알려져 있다	인터넷 the Internet 因特网	컴퓨터 연결망
편리 convenience 方便	편하고 쉬움	예매 advance purchase 預購	미리 표를 삼
무궁화호 Mugunghwa train号	기차를 빠르기로 구분하는 종류의 명칭으로 값이 싸고 느린 열차	최근 recently, lately 最近	요즈음, 현재에 가까운 지난 날
설문조사 survey 問卷調査	여러 사람에게 물어보는 결과물	결과 result 結果	어떤 일이 일어난 뒤의 일
촬영지 place for photographing, filming 攝影地	영화나 사진을 찍은 장소	관광열차 sightseeing train	관광하는 데 이용하는 기차
연인 lover 戀人	애인, 열애의 상대자	가족 family 家族, 家人	혈연으로 이루어진 한 집안의 구성원
방송 broadcast 广播	라디오나 텔레비전을 통해 듣고 볼 수 있게 한 것	수도권 the capital region 首都圈	서울, 경기 지역
송출 sending out 發送	내어 보냄	최초 the first 最初	맨 처음
종합 synthesis, all-round 綜合	여러 가지를 모아 합침	전파탑 an electric (radio) wave tower 電波塔	전파를 주고 받는 높은 탑
가장 most 最	여럿 가운데서 으뜸	한강 Han river 漢江	서울을 지나 서해로 흐르는 강

둔치 waterside 江岸	물이 있는 곳의 가장자리	**도심** downtown 城市中心	도시의 중심
휴식 rest, break 休息	쉼	**공간** space 空間	넓은 범위, 빈 곳
고객 customer 顧客	손님	**안내원** guide 導游	안내하는 사람
시내 downtown 市內	도시의 중심가	**강릉** Gangnung 江陵	강원도 동해안에 있는 지명
직행버스 non-stop bus 直通車	목적지까지 곧바로 가는 버스	**남쪽** southern 南邊	남극을 가리키는 쪽
지점 point 地点	어디라고 하는 어떤 곳	**청량리** Cheongyangri 淸凉里	서울의 지역으로 전철과 기차역으로 경춘선 출발 지역
밤기차 night train 夜車	밤에 출발하는 기차	**새벽** dawn 凌晨	해 뜨기 직전의 무렵
주변 vicinity 周邊	둘레의 언저리	**관광** tour 觀光	다른 나라나 다른 지역의 풍경, 풍속을 구경함
관광안내소 information center 觀光介紹所	관광하는 사람들을 안내하기 위해 관광지에 설치한 곳		

메모하세요

제6과

초대와 방문
Invitation and Visit, 邀請與訪問預購

01 들어가기
Introduction 導言

오늘은 〈초대와 방문〉라는 주제로 수업을 진행할 것입니다. 따라서 우선, 초대와 방문에 관련된 [Dialogue]와 어휘를 공부할 것이고, 다음으로 [Dialogue] (對話)에 나온 〈문법〉과 〈음운(발음)〉에 대해 공부할 것입니다. 그리고 마지막으로 각 영역별(문법과 표현, 읽기, 듣기, 쓰기 등)로 나누어 문제를 풀이함으로써 다양한 학습효과를 갖도록 할 것입니다.

The topic of today's lecture is invitation and visit. First, we will look at Dialogue and Vocabulary about invitation and visit, and second, learn about grammar and pronunciation of words shown in Dialogue. Finally, we will learn more in the remaining sections of this unit such as 'Grammar & Expressions, Reading, Listening and Writing' mainly through working on various questions.

今天的課堂主題是〈邀請與訪問〉。首先學習與'位置與交通'有關的對話和詞匯，然后學習語法和音韻。最后通過對各个領域(語法與表現, 閱讀, 听力, 寫作等)的練習增强學習效果。

학습목표 Learning goals 學習內容

o '초대와 방문'에 대해 일상적으로 행해지는 구어와 문어 담화를 비교적 잘 수행할 수 있다.
Students will be able to handle both oral and written discourse of invitation and visit occurring in everyday life in a relatively easy way. 比較熟練地掌握有關邀請與訪問的口頭和書面上的談話。

o 읽기, 듣기 등 '초대와 방문'에 필요한 기본적인 언어생활을 익힐 수 있다.
Students will be able to learn basic expressions of invitation and visit through reading and listening.
通過閱讀和听力練習掌握有關邀請與訪問的基本語言生活。

o '초대와 방문'에 관련된 주제에 관해 짧은 글을 쓸 수 있다.
Students will be able to write a short essay about invitation and visit.
可以用有關邀請與訪問的主題寫短文。

o 적절한 기능적 표현을 사용하여 일상생활에 필요한 문법적 표현을 활용할 수 있다.
Students will be able to use grammatical structures necessary for everyday life by employing appropriate functional expressions.
能够運用日常所需的語法形式。

학습내용 Contents of Learning 學習內容

o [Dialogue] (對話)의 어휘 및 내용 파악하기
Knowing vocabulary and meaning in Dialogue. 掌握[對話]的詞匯和內容

o [Dialogue] (對話)를 통한 구문표현(문법, 음운) 이해하기
Understanding syntactic expressions of grammar and phonology in Dialogue.
通過[對話]理解构文表現(語法, 音韻)。

o 평가하기(문법과 표현, 읽기, 듣기, 쓰기)
Evaluation(Grammar & Expressions, Reading, Listening and Writing)
評价(語法与表現, 閱讀, 听力, 寫作)

o 정리하기 Summary 小結

02 학습 내용
Contents of Learning 學習內容

모두 2차시로 구성하여 1차시는 초대와 방문에 관련된 [Dialogue] (對話)와 어휘를 공부할 것이고, 2차시는 [Dialogue] (對話)에 나온 〈문법〉과 〈음운(발음)〉에 대해 공부할 것입니다.

This section consists of two parts. The first part deals with Dialogue and Vocabulary of food and culture. The second part involves grammar and pronunciation in Dialogue.

這堂課分爲兩部分, 首先學習有關'位置与交通'的對話和詞匯, 然后學習語法和音韻(發音)。

◆ 다음 [Dialogue] (對話)를 듣고 어떤 내용인지 말해봅시다.

Listen to the Dialogue and tell what it is about. 听對話說內容。

[Dialogue] 對話

김하늘	어머나, 미셸 씨 이렇게 와주셔서 감사해요.
미셸	저야말로 이렇게 초대해주셔서 고마워요. 제가 많이 늦었지요? 아침에 조카를 깨우고, 밥 먹이고, 옷을 입혀서 유치원에 가게 하느라. 좀 늦게 출발했어요. 그런데 오늘따라 길도 엄청 막혔어요.
김하늘	어머, 오시느라 힘드셨겠어요. 그런데 미셸 씨에게 조카가 있었나요?
미셸	예, 조카가 한 명 있어요. 언니랑 형부가 여행을 가서, 조카가 집에 와 있어요. '이모'라고 부르면서 얼마나 잘 따르는지. 참, 귀여워요.
김하늘	조카를 챙기느라, 아침부터 바쁘셨겠네요.
미셸	예, 조금 정신이 없었어요. 참, 이것은 생일 선물이에요. 제 성의라 여기고 받아주세요.
김하늘	뭐, 이런 것까지 준비하셨어요. 주시는 것이니 감사히 잘 받을게요.

미셸	예, 그래주시면 제 마음이 기쁠 거예요.
김하늘	어머, 제가 미셸 씨를 세워 뒀네요. 저 쪽으로 가서 앉으시죠.
미셸	예, 감사해요.

[어휘] Vocabulary 詞匯

◆ 위에서 들은 [Dialogue] (對話)에 나온 어휘에 대해 함께 알아보겠습니다.
Let's take a look at vocabulary you hear in Dialogue.
一起學習〈對話〉中的詞匯。

〈대화〉 Conversation 對話

초대하다 invite 招待	귀엽다 be cute 可愛
조카 nephew 侄子	바쁘다 be busy 忙
밥 rice 飯	따르다 follow, be obedient 跟隨
옷 clothes 衣服	생일 birthday 生日
입다 wear 穿	선물 gift 礼物
유치원 kindergarten 幼儿園	성의 sincerity 心意
엄청 too much 相当	준비 preparation 准備
막히다 Traffic is jammed. 堵塞	기쁘다 be happy 高興
언니 aunt 姐姐	세우다 keeping someone waiting
형부 a girl's elder sister's husband 姐夫	(被)站
이모 one's mother's sister 姨母	

◆ 3차시에서 학습할 〈읽기〉, 〈듣기〉에서 나올 〈어휘〉에 대해 공부할 것입니다.

〈읽기〉 Reading 閱讀

일찍 early 早	사과 apology 道歉
출발 departure, starting 出發	생일 birthday 生日
토요일 Saturday 星期六	축하하다 celebrate 祝賀
백화점 department store 百貨店	대화 conversation 對話
선물 gift 礼物	따뜻한 warm, warm-hearted 暖和的
스카프 scarf 圍巾	

 〈듣기〉 Listening 听力

지내다 spend (time), get along 過	당연히 be no wonder, be natural 当然
특별 special 特別	분수대 fountain 噴水池

◆ 앞의 [Dialogue] (對話)에서 나온 어려운 구문에 대해 다시 학습하도록 하겠
습니다. Let's study grammatical structures shown in Dialogue.
學習[對話]中的文章結构

 〈구문 풀이〉 Structures 构文解析

-우 → 아침에 조카를 **깨우고**
-이 → 밥 **먹이고**
-히 → 옷을 **입혀서**, 길도 엄청 **막혔어요**.
-게 하 → 유치원에 **가게 하느라**
-우 → **세워뒀네요**.

이번 차시에서는 1차시 [Dialogue] (對話)에서 나온 어려운 구문에 대한 〈문법〉과 〈음운(발음)〉에 대해 보다 자세하게 학습할 것입니다.

In the second part of this section, we will study various difficult grammatical structures and pronunciations introduced in Dialogue in some more detail.

這堂課要詳細學習前面[對話]中有一定難度的語法和音韻(發音)。

1 [문법] Grammar 語法

동작주가 남으로 하여금 어떤 동작을 하도록 시키는 것을 사동이라 하고, 이를 나타내는 동사를 사동사라고 한다. Causation is used when a speaker (agent) makes a hearer (theme) do something. Verbs used to express causation are called causative verbs.

主語驅使他人做某种動作称使動, 表示這种關系的動詞称使動詞。

❶ 단형구조의 사동(파생접사)에 의한 사동문

Causative sentence by causation(derivative affix) of short structure

單形結构(派生助詞)使動句

어휘적 사동문이라고도 하며 동사의 어간에 '-이, -히, -리, -기, -우, -구, -추'를 붙여서 사동문이 된다.

Causative sentence is also called lexical causative sentence, and is formed by adding '-이, -히, -리, -기, -우, -구, -추' to root of verb.

又叫作詞匯使動句, 動詞詞干接'-이, -히, -리, -기, -우, -구, -추'成爲使動句。

-이: 얼음이 녹았다. → 아이들이 얼음을 **녹이(녹+이)었다.**
-히: 영미가 옷을 입었다. → 할머니께서 영미에게 옷을 **입히(입+히)셨다.**
-리: 물고기가 살다 → 아저씨가 물고기를 **살리**(살+리)다.
-기: 아이들이 웃었다. → 코미디언이 아이들을 **웃기(웃+기)었다.**
-우: 아기가 깨다. → 어머니가 아기를 **깨우(깨+우)다.**
-구: 안경의 도수가 돋다 → 안경의 돋수를 **돋구**(돋+구)다

-추: 담이 낮다 → 담을 **낮추**(낮+추)다

❷ 장형구조의 사동(보조동사)에 의한 사동문

Causative sentence by causation(helping verb) of long structure
長形結構(補助動詞)使動句

보조적 연결어미에 보조동사가 결합된 **'-게 하-'**를 용언의 어기에 연결하여 통사적 사동문이 된다.

Syntactic causative sentence is formed by linking '-게 하-' created through combining a helping connective ending with a helping verb to root of a declinable word(verb or adjective).

用言語基后接續補助連接語尾和補助動詞結合的'-게 하-'成爲被動句。

친구가 왔다. → 부모님이 친구를 **오게 하**(오+게 하)였다.
영수가 책을 읽었다. → 선생님께서 영수에게 책을 **읽게 하**(읽+게 하)셨다.

2 **[음운(발음)]** Phoneme 音韻(讀音規則)

축약 Contraction 縮略

두 음운이 만나 합쳐져서 하나로 줄어 소리나는 현상으로 'ㅂ, ㄷ, ㄱ, ㅈ'과 'ㅎ'이 서로 만나면 'ㅍ, ㅌ, ㅋ, ㅊ'으로 축약되는 자음 축약과, 두 모음이 서로 만나서 한 음절이 되는 모음 축약이 있다. Contraction is a phonetic process in which two different sounds meet together, and combine into one sound. In consonant contraction, consonants 'ㅂ, ㄷ, ㄱ, ㅈ' that meet with 'ㅎ' become 'ㅍ, ㅌ, ㅋ, ㅊ'. In vowel contraction, two different vowels meet together to become another vowel with one syllable.

兩个音韻結合再一起, 其 發音變爲一个音韻的現象。縮略可分爲'ㅂ, ㄷ, ㄱ, ㅈ'和'ㅎ' 縮略成'ㅍ, ㅌ, ㅋ, ㅊ'的子音縮略和兩个母音結合后變爲一个音節的母音縮略。

❶ 자음 축약 consonant contraction 子音縮略
좋다→[조:타], 잡히다→[자피다], 먹히다→[머키다]

❷ 모음 축약 vowel contraction 母音縮略
되어→[돼:], 가리어→[가려], 두었다→/뒀다/→[둳:따]

03 평가
Evaluation 評价

이번 차시는 1차시와 2차시에서 학습한 내용을 문제를 풀이하는 시간입니다. 이에 〈문법과 표현〉, 〈읽기〉, 〈듣기〉 그리고 〈쓰기〉 영역으로 나누어 학습할 것입니다.

This section is designed to solve questions about what you learn in the previous two sections. It consists of four parts: Grammar & Expressions, Reading, Listening and Writing.

這堂課要對第一, 二堂課的內容分〈語法与表現〉, 〈閱讀〉, 〈听力〉, 〈寫作〉四个部分進行練習。

 [문법과 표현] Grammar and Expressions 語法与表現

1 〈보기〉에서 제시한 예를 참고하여 아래 문제의 ( )을 채우시오.

Referring to the example, fill in the blanks below. 仿照例句填空。

보기 얼음이 녹다 → 얼음을 (녹이다)
---

❶ 영수가 책을 읽다 → 영수에게 책을 (   )
❷ 입맛이 돋다 → 입맛을 (   )
❸ 회사의 경영을 영수가 맡다 → 회사의 경영을 영수에게 (   )
❹ 밥이 끓다 → 밥을 (   )

보기 생각이 **되어서** → 생각이 **돼서**

❶ 나를 **보아서** → 나를 (   )
❷ 차가 **밀리어** → 차가 (   )
❸ 길이 **막히었다** → 길이 (   )

 [읽기] Reading 閱讀

다음 예문을 읽고 물음에 답하시오.
Read the passage and answer the questions. 閱讀例文回答問題。

오늘은 하늘 씨의 생일이었어요. 그래서 미셸 씨는 점심식사에 초대 받았어요.
미셸씨는 집에 놀러온 조카를 아침에 깨우고, 밥을 먹게 했어요. 그리고 예쁜 옷을
입혀서 유치원에 보냈어요. 그래서 미셸 씨는 집에서 늦게 출발했어요. 토요일이
라 길이 많이 막혔어요. 미셸 씨는 백화점에 들러서, 하늘 씨의 생일 선물로 스카프
를 샀어요. 미셸 씨는 하늘 씨의 집에 도착했어요. 하늘 씨가 미셸 씨를 반갑게
맞이했어요. 미셸 씨는 늦은 것에 대해 사과하고, 하늘 씨의 생일을 축하했어요.
하늘 씨와 미셸 씨는 맛있는 점심을 먹었어요. 그리고 오랜 만에 많은 대화를 나누
었어요. 모처럼 미셸 씨는 따뜻한 차만큼이나 마음도 따뜻해지는 오후를 보냈어요.

▣ 미셸 씨는 누구의 초대를 받았으며, 무슨 선물을 샀나요?

▣ 미셸 씨가 초대에 늦은 이유가 <u>아닌</u> 것은?
  ❶ 집에서 늦게 출발해서
  ❷ 백화점에 들러 선물을 사느라

❸ 토요일이라 길이 막혀서

❹ 아침을 늦게 먹어서

③ 조카의 나이를 알 수 있게 한 단어를 찾아 쓰세요.

 [듣기] Listening 听力

다음 내용을 듣고 물음에 답하시오.

Listen and answer the questions. 听對話回答問題。

> **MP3**
>
> 김민영 미오코 씨, 안녕하세요?
>
> 미오코 예. 민영 씨도 안녕하셨어요?
>
> 김민영 예. 저도 잘 지냈어요. 참, 미오코 씨, 이번 주말에 시간 있어요?
>
> 미오코 오전에 수업이 있고, 다른 특별한 일은 없어요. 왜 그러세요?
>
> 김민영 예. 다름이 아니라 제 생일이어서 가까운 친구를 초대해서 저녁이나 먹으려구요.
>
> 미오코 아, 토요일이 민영 씨 생일인가요? 그럼 당연히 가야지요. 초대해주셔서 감사해요.
>
> 김민영 와 주신다고 하니, 저도 고마워요. 그럼, 토요일 오후 6시에 시청 앞에 있는 분수대에서 만나요.
>
> 미오코 예. 토요일에 만나요.

① 미오코는 토요일 오전에 무슨 일이 있나요?

2 두 사람은 몇 시에 어디에서 만나기로 했나요?

 [쓰기] Writing 寫作

아래 〈보기〉에 주어진 단어를 이용하여 글을 쓰세요.
Write a short essay using words in the example. 用〈보기〉下列詞彙造句。

보기 토요일, 이사, 초대, 방문, 집들이, 선물, 식사, 귀가

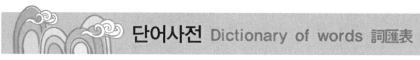

단어사전 Dictionary of words 詞匯表

초대하다 invite 招待	모임에 오기를 청하다	조카 nephew 侄子	형제 자매의 아들
밥 rice 飯	쌀, 보리 등을 씻어서 솥 따위에 안친 후 물을 부어 익힌 음식	옷 clothes 衣服	몸을 가리기 위해 피륙 따위로 만들어 입는 의복
입다 wear 穿	옷을 몸에 걸치거나 두르다	유치원 kindergarten 幼儿園	초등학교에 들어가기 전의 교육기관
엄청 too much 相当	매우 많이	막히다 Traffic is jammed 堵塞	통하지 못하게 맑아지게 된 것
언니 sister 姐姐	여자들이 자기보다 나이가 많은 여자를 정답게 부르는 말	형부 a girl's elder sister's husband 姐夫	언니의 남편
이모 one's mother's sister 姨母	엄마의 언니나 여동생	바쁘다 be busy 忙	일이 많아 쉴 겨를이 없다
따르다 follow, be obedient 跟隨	남을 좇거나 복종하다	귀엽다 be cute 可愛	곱거나 예뻐서 사랑할 만하다
생일 birthday 生日	태어난 날	선물 gift 礼物	남에게 물품을 선사함
성의 sincerity 心意	참되고 정성스러운 뜻	준비 preparation 准備	미리 마련하여 갖춤
기쁘다 be happy 高興	마음이 만족스럽다	세우다 keeping someone waiting (被)站	서게 하다
일찍이 early 早	일정한 시간보다 이르게	출발 departure, starting 出發	길을 떠남
토요일 Saturday 星期六	칠요일의 마지막날, 주말	백화점 department store 百貨店	한 건물 안에 여러 가지 상품을 부문별로 나누어 진열, 판매하는 대규모의 종합 매장
녹다 melt 融化	굳은 물건이 높은 온도에서 물러지거나 물같이 되다	스카프 scarf 圍巾	여성이 방한이나 장식용으로 목에 감거나 머리에 쓰는 얇은 천
사과 apology 道歉	자기의 잘못에 대해 상대에게 용서를 빎	축하하다 celebrate 祝賀	기뻐하고 즐거워하는 뜻으로 인사하다
대화 conversation 對話	마주 대하여 이야기 함	따뜻한 warm, warm-hearted 暖和的	포근한 느낌이 들만큼 온도가 알맞게 높은

지내다 spend(time), get along 過	서로 사귀어 오다	**특별** special 特別	보통과 다름
당연히 be no wonder, be natural 當然	마땅히 그러할 것임	**분수대** fountain 噴水池	물을 뿜어 내는 기구 설치한 곳
이사 house moving 搬家	사는 곳을 옮김	**귀가** returning home 回家	집으로 돌아가거나 돌아옴
방문 visit 訪問	남을 찾아 봄	**집들이** housewarming party 喬遷宴	이사한 후에 이웃과 친지를 청하여 음식을 대접하는 일
닫다 close 關	열려 있는 것을 다시 제자리로 가게 하다	**가리다** hide, conceal 隱, 擋	보이거나 통하지 아니하게 가로막다
두다 put 放	어떤 곳에 있게 하다		

제7과

운동과 건강
Exercise and Health, 運動與健康

01 들어가기
Introduction 導言

　오늘은 〈운동과 건강〉이라는 주제로 수업을 진행할 것입니다. 따라서 우선, 운동과 건강에 관련된 [Dialogue] (對話)와 어휘를 공부할 것이고, 다음으로 [Dialogue]에 나온 〈문법〉과 〈음운(발음)〉에 대해 공부할 것입니다. 그리고 마지막으로 각 영역별(문법과 표현, 읽기, 듣기, 쓰기 등)로 나누어 문제를 풀이함으로써 다양한 학습효과를 갖도록 할 것입니다.

　The topic of today's lecture is Exercise and Health. First, we will look at Dialogue and Vocabulary about Exercise and Health, and second, learn about grammar and pronunciation of words shown in Dialogue. Finally, we will learn more in the remaining sections of this unit such as 'Grammar & Expressions, Reading, Listening and Writing' mainly through working on various questions.

　今天的課堂主題是〈運動與健康〉。首先學習與〈運動與健康〉有關的對話和詞匯，然后學習語法和音韻。最后通過對各个領域(語法与表現，閱讀，听力，寫作等)的練習增强學習效果。

학습목표 Learning goals 學習內容

○ '운동과 건강'에 대해 일상적으로 행해지는 구어와 문어 담화를 비교적 잘 수행할 수 있다.
Students will be able to handle both oral and written discourse of Exercise and Health occurring in everyday life in a relatively easy way.
比較熟練地掌握有關〈運動与健康〉的口頭和書面上的談話。

○ 읽기, 듣기 등 '운동과 건강'에 필요한 기본적인 언어생활을 익힐 수 있다.
Students will be able to learn basic expressions of Exercise and Health through reading and listening.
通過閱讀和听力練習掌握有關〈運動与健康〉的基本語言生活。

○ '운동과 건강'에 관련된 주제에 관해 짧은 글을 쓸 수 있다.
Students will be able to write a short essay about Exercise and Health.
可以用有關〈運動与健康〉的主題寫短文。

○ 적절한 기능적 표현을 사용하여 일상생활에 필요한 문법적 표현을 활용할 수 있다.
Students will be able to use grammatical structures necessary for everyday life by employing appropriate functional expressions.
能够運用日常所需的語法形式。

학습내용 Contents of Learning 學習內容

○ [Dialogue] (對話)의 어휘 및 내용 파악하기
Knowing vocabulary and meaning in Dialogue. 掌握對話的詞匯和內容。

○ [Dialogue] (對話)를 통한 구문표현(문법, 음운) 이해하기
Understanding syntactic expressions of grammar and phonology in Dialogue
通過對話理解构文表現(語法, 音韻)。

○ 평가하기(문법과 표현, 읽기, 듣기, 쓰기)
Evaluation(Grammar & Expressions, Reading, Listening and Writing)
評价(語法与表現, 閱讀, 听力, 寫作)

○ 정리하기 Summary 小結

02 학습 내용
Contents of Learning 學習內容

이번 차시는 모두 2개 부분으로 구성하여 우선, 운동과 건강에 관련된 [Dialogue] (對話)와 어휘를 공부할 것이고, 다음으로 [Dialogue] (對話)에 나온 〈문법〉과 〈음운(발음)〉에 대해 공부할 것입니다.

This section consists of two parts. The first part deals with Dialogue and Vocabulary of Exercise and Health. The second part involves grammar and pronunciation in Dialogue.

這堂課分爲兩部分, 首先學習有關〈運動与健康〉的對話和詞匯, 然后學習語法和音韻(發音)。

◆ 다음 [Dialogue] (對話)를 듣고 어떤 내용인지 말해봅시다.

Listen to the Dialogue and tell what it is about. 听對話說內容。

[Dialogue1] 對話1

[대화 1]

아줌마	민호야, 잘 있었니?
민호	안녕하세요?
아줌마	어머니 계시니?
민호	아니요, 조금 전에 밖에 나가셨어요?
아줌마	언제 들어오시니?
민호	운동하러 나가셨으니 2시간 후에 오실 거예요.

[대화 2]

철수   영희야, 요즘 건강해진 것 같아. 운동하나 봐.

영희   응, 요즘 저녁을 먹고 나서 엄마와 같이 운동해.

철수   무슨 운동을 해?

영희   달리기를 해.

철수   어머니께서도 달리기를 하셔?

영희   응, 물론이지. 우리 엄마께서 건강을 유지하시는 비결이야.

철수   나도 같이 할까?

영희   그래! 그러면 저녁 7시에 학교 운동장으로 나올래?

철수   좋아. 나가지. 나도 오늘부터 운동을 시작해야겠어.
      그러면 저녁에 만나.

[어휘] Vocabulary 詞匯

◆ 위에서 들은 [Dialogue] (對話)에 나온 어휘에 대해 함께 알아보겠습니다.
Let's take a look at vocabulary you hear in Dialogue.
一起學習〈對話〉中的詞匯。

〈대화〉 Conversation 對話

운동 exercise 運動	유지하다 maintain 維持, 保持
건강 health 健康	비결 secret, key 秘訣
조금 전 not long ago 剛才	운동장 playground 運動場
달리기 running 跑步	시작하다 begin 開始
물론이지 of course 當然	

〈읽기〉 Reading 閱讀

방법 method 方法	간단하게 simply 簡單地
매일 everyday 每天	줄넘기 rope-skipping 跳繩
조금씩 a little 一点儿	걷기 walk 走步
기분 feeling 心情	계단 오르기 going up the stairs 爬樓梯
보통 common 一般	간단하게 simply 簡單地
바쁘다 be busy 忙	잠깐 for a second 一會儿

 〈듣기〉 Listening 听力

어제 yesterday 昨天	감정 emotion 感情
저녁 evening 晚上	풍부 abundance 丰富
영화 movie 電影	아직도 yet 還, 仍
슬프다 be sad 悲哀	마음 mind 心
눈물 tear 眼泪	우울 melancholy 憂郁
참다 be bear 忍	전환 transformation 轉換

◆ 앞의 [Dialogue] (對話)에서 나온 어려운 구문에 대해 다시 학습하도록 하겠습니다. Let's study grammatical structures shown in Dialogue. 學習[對話]中的文章結构

 〈구문 풀이〉 Structures 构文解析

이번 차시에는 앞의 [Dialogue] (對話)에서 나온 어려운 구문에 대한 〈문법〉과 〈음운(발음)〉에 대해 보다 자세하게 학습할 것입니다.

In the second part of this section, we will study various difficult grammatical structures and pronunciations introduced in Dialogue in some more detail.

這堂課要詳細學習第一堂課[對話]中有一定難度的語法和音韻(發音)。

① [문법] Grammar 語法

높임 표현 Expressions of honorifics 尊敬的表示

말하는 이가 언어 내용을 전달할 때, 어떤 대상이나 상대에 대하여 그의 높고 낮은 정도에 따라 언어적으로 구별하여 표현하는 방식이나 체계를 높임법이라 한다.

Honorifics indicates linguistic expressions or systems used to show speaker's respect or politeness to hearer or object in terms of various situational factors like social status, age, and familiarity, etc.

說話者傳達言語內容時根据對方身份或年齡的不同區別使用表達語言的方式或体系称爲尊敬法。

❶ 주체높임법 Main body honorifics 主体尊敬法

문장의 주어인 주체가 화자보다 나이나 사회적 지위가 높을 경우, 지시하는 대상인 서술어의 주체를 '-(으)시-'를 붙여 높이는 문법 기능이다.

Main body honorifics: This is a grammatical device which is used when subject of a sentence, that is, a main body is older or has higher social status than speaker. It is realized by adding '-(으)시-' to a main body of predicate.

主体尊敬法是指文章的主語卽主体的年齡或社會地位在說話者之上時, 用'-(으)시-'對主体表示尊敬的語法形式。

주체를 높일 경우에는 접미사 '-님'을 붙이고, 주격조사인 '-께서'를 붙이는 것이 올바른 높임법이다.

아버님께서 들어오셨다.
교수님께서 강의를 시작하셨다.
선생님께서 교실에 계시다.

- 간접높임법 Indirect honorifics 間接尊敬

높임의 주체에 대한 소유물, 신체의 부분, 관계가 있는 사물 등과 관련된 말에 '-(으)시'를 넣음으로써 주체를 높이는 경우를 간접높임이라고 한다.

Indirect honorifics: A main body can be respected by inserting '-(으)시' into possessions, body parts or objects related to the main body.

間接尊敬 : 要尊敬對象的 所有物, 身体部分, 有關事物等詞匯相關的詞之后加'(으)시'來表示對主体尊敬的語法形式。

> 할머님께서는 귀가 <u>밝으십니다</u>.
> 아버님의 연세가 <u>많으십니다</u>.
> 사장님의 말씀이 <u>있으시겠습니다</u>.

❷ **상대높임법** Hearer honorifics 相對尊敬法

화자가 청자인 상대를 높이기 위하여 나타내는 문법 기능을 상대높임법이라 한다.

Hearer honorifics: This is a grammatical device which is used when speaker has to respect and show politeness to hearer.

相對尊敬法 : 說話者爲尊敬听者而使用的語法形式。

격식체와 비격식체로 나누어 설명하고 있는데, 전자는 공식적이며 의례적인 상황에서 사용하는 어법으로 '하십시오체, 하오체, 하게체, 해라체'가 있고, 후자는 화자와 청자 사이가 가깝거나 공식적인 자리가 아닌 데서 사용하는 어법으로 '해요체'와 '해체'가 있다.

격식체(의례적)	비격식체(비의례적)
해라체(아주낮춤): 다, 라, 자, 냐 하게체(예사낮춤): 게, 이, 나 하오체(예사높임): 오, (읍)시다 하십시오체(아주높임):(으)ㅂ시오, (으)ㅂ니다	해체(두루낮춤): 아(어), 지, (을)까 해요체(두루높임) : 아(어)요, 지요, (을)까요

② [음운(발음)] Phoneme 音韻(讀音規則)

탈락 : 두 형태소가 만날 때에 앞뒤 두 음운이 마주칠 경우, 한 음운이 완전히 발음되지 않는 현상을 탈락이라 한다.

Deletion: Deletion takes place when two neighboring phonemes meet with each other in two different morphemes, and one phoneme is not totally pronounced.

兩个形態素相遇時, 前后兩个音韻之一不發音的現象称爲脱落。

❶ 자음 탈락 : 자음이 3개 이상 연이어 만나면 어느 하나가 탈락하거나 '느, 人, ㅈ, ㄷ' 앞에서는 '르'이 탈락한다.

Consonant dropping: When there is a cluster of more than three consonants, one of them drops or '르' drops before '느, 人, ㅈ, ㄷ'.

子音脱落 : 三个以上的子音相續時某一子音脱落或在ㄴ, ㅅ, ㅈ, ㄷ'之前ㄹ'脱落 자음 탈락 :

값도→/갑도/→[갑또], 딸님→[따님], 울는→[우는],
열닫이→여닫이, 울짖다→우짖다

❷ 모음 탈락 : 한 음절이나 모음의 한 음운이 탈락한다. Vowel dropping: A syllable or a phoneme of vowel is dropped.

母音脱落 : 一个音節或母音的一个音韻脱落。

가아서→[가서], 서었다→/섰다/→[섣따], 끄어→[꺼], 뜨어→[떠]

03 평가
Evaluation 評价

이번 차시는 1차시와 2차시에서 학습한 내용의 문제를 풀이하는 시간입니다. 이에 〈문법과 표현〉, 〈읽기〉, 〈듣기〉 그리고 〈쓰기〉 영역으로 나누어 학습할 것입니다.

This section reviews the previous two sections in the way that we try to answer questions in terms of various areas, Grammar & Expressions, Reading, Listening and Writing. 這堂課要對第一, 二堂課的內容分〈語法與表現〉, 〈閱讀〉, 〈听力〉, 〈寫作〉四个部分進行練習。

 [문법과 표현] Grammar and Expressions 語法與表現

1 〈보기〉에서 제시한 예를 참고하여 아래 문제의 ( )을 채우시오.

Referring to the example, fill in the blanks below. 仿照例句填空。

> 보기 노래를 하다
> A: 노래를 해요.
> B: 노래를 해.
> C: 노래를 합니다.

❶ 공부를 하다

A: ( )

B: ( )

C: ( )

❷ 음악을 듣다

A: (   )

B: (   )

C: (   )

보기   노래를 하다. 공부를 하다

     A: 노래를 하고 공부를 해요.

     B: 노래를 하면서 공부를 해.

     C: 노래를 하지만 공부도 합니다.

---

❶ 일을 하다. 춤을 추다

A: (   )

B: (   )

C: (   )

[읽기] Reading 閱讀

다음 예문을 읽고 물음에 답하시오.

Read the passage and answer the questions. 閱讀例文回答問題。

     건강을 유지하기 위한 방법으로 어떤 것이 있을까요? 여러 가지 요인이 있겠지만, 잠깐이라도 매일 운동을 하는 것입니다. 운동을 하면 건강을 지킬 수 있고, 기분도 좋아집니다. 보통 바빠서 운동할 시간이 없다고 하지만, 바쁠수록 운동을 해야 합니다. 바쁜 생활 속에서 간단하게 할 수 있는 운동으로는 줄넘기, 걷기, 계단 오르기 등이 있습니다. 여러분들께서도 점심시간에 잠깐이라도 운동을 해 보십시오. 여러분의 삶이 한층 더 밝아질 것입니다.

---

1 건강을 유지하기 위한 방법으로 어떤 것이 있나요?

2 바쁜 생활 속에서 간단하게 할 수 있는 운동으로 어떤 것이 있나요?

 [듣기] Listening 听力

다음 내용을 듣고 물음에 답하시오.

Listen and answer the questions. 听對話回答問題。

타픽	어제 저녁에 본 영화는 너무 슬펐어요.
장기	그래, 나도 눈물이 나서 참느라 혼났어.
타픽	혹시 저의 우는 모습을 보셨나요.
장기	아니, 보지 못했는데. 그런데 타픽이 울었다니 믿어지지 않아.
타픽	보기와 달리 감정이 풍부해서 잘 울어요.
장기	자, 이제 운동하러 가야지.
타픽	글쎄요. 아직도 마음이 우울해요.
장기	기분을 전환하는 데는 운동이 최고야. 어서 가자.

1 타픽과 장기는 언제 영화를 보았나요?

2 타픽과 장기 중 누가 더 나이가 많은가요?

3 '르'이 탈락한 단어를 찾아 쓰세요.

 [쓰기] Writing 寫作

어제 오후에 한 일에 대해 '하십시오'체와 '해요'체로 쓰세요.

> **예** 어제 도서관에 가서 공부했습니다.
> 어제 도서관에 가서 공부했어요.

04 정리하기
Summary 綜合

1. 주체높임법

(1) 직접 높임
- 할아버지께서 <u>외출하셨다</u>.
- 교수님께서 강의를 <u>시작하셨다</u>.
- 선생님께서 교실에 <u>계시다</u>.

(2) 간접높임
- 아버님의 연세가 <u>많으시다</u>.
- 사장님의 말씀이 <u>있으시겠습니다</u>.

2. 상대높임법

격식체(의례적)	비격식체(비의례적)
해라체(아주낮춤): 다, 라, 자, 냐 하게체(예사낮춤): 게, 이, 나 하오체(예사높임): 오, (읍)시다 하십시오체(아주높임): (으)ㅂ시오, 　　　　　　　　　　　(으)ㅂ니다	해체(두루낮춤): 아(어), 지, (을)까 해요체(두루높임): 아(어)요, 지요, 　　　　　　　　　(을)까요

3. 탈락

(1) 자음 탈락

값도→/갑도/→[갑또], 딸님→[따님], 울는→[우는]

(2) 모음 탈락

가아서→[가서], 쓰어→[써]

단어사전 Dictionary of words 詞匯表

운동 exercise 運動	신체를 위하여 몸을 움직이는 일	건강 health 健康	몸에 아무 탈이 없이 튼튼함
조금 전 not long ago 剛才	바로 전에	최고 the highest 最高	가장 높음
달리기 running 跑步	뛰는 것	물론이지 of course 当然	말할 것도 없이 당연한 것
유지하다 maintain 維持, 保持	상태나 상황을 그대로 지키다	비결 secret, key 秘訣	세상에 알려지지 않은 자기만의 방법
운동장 playground 運動場	체조, 놀이를 할 수 있는 넓은 마당	시작하다 begin 開始	어떤 일이 처음으로 발생하다
방법 method 方法	어떤 일을 하기 위한 수단, 방식	매일 everyday 每天	하루 하루마다
조금씩 a little 一点儿	많지 않게 계속하여	기분 feeling 心情	마음에 저절로 생기는 느낌
보통(대개) common 一般	일반적으로, 흔히	바쁘다 be busy 忙	일이 많아서 시간이 없다
간단하게 simply 簡單地	단순하고 쉽게	줄넘기 rope-skipping 跳繩	줄을 뛰어 넘는 운동
걷기 walk 走步	걷는 일	계단 오르기 going up the stairs 爬樓梯	계단의 아래에서 위로 움직여 감
간단하게 simply 簡單地	단순하고 쉽게	잠깐 for a second 一會儿	매우 짧은 동안에
높임법 honorifics 尊敬法	남을 높여서 말하는 법	주체높임 main body Honorifics 主体尊敬	문장의 주체를 '-시-'를 붙여 높이는 것
간접높임 indirect Honorifics 間接尊敬	높임의 상대와 관계있는 것을 높여 말함	소유물 possessions 所有物	자기것으로 가진 물건
상대높임 hearer Honorifics 相對尊敬	말을 듣는 상대를 높여 말함	격식체 formalities 格式体	의례적으로 쓰는 상대높임법
비격식체 Informalities 非格式体	표현이 부드러운 느낌을 주는 상대높임법	탈락 deletion 脫落	떨어지거나 빠짐
공식적 formal 形式上的, 正式的	틀에 박힌 형식에 맞는 것	의례적 official 官方的, 正式的	형식이나 격식만을 갖춘 것

감정 emotion 感情	어떤 일에 대하여 느끼는 기분	풍부 abundance 丰富	넉넉하고 많음
기분 feeling 心情	마음에 저절로 생기는 느낌	전환 transformation 轉換	다른 상태로 바뀌거나 바꿈
우울 melancholy 憂鬱	마음이 근심스럽거나 답답함	슬프다 be sad 悲哀	서럽거나 불쌍하여 마음이 괴롭고 답답하다

메모하세요

제8과

시장 가기
Going shopping, 去市場

---

01 | 들어가기
Introduction 導言

오늘은 〈시장 가기〉라는 주제로 수업을 진행할 것입니다. 따라서 우선, 시장 가기에 관련된 [Dialogue] (對話)와 어휘를 공부할 것이고, 다음으로 [Dialogue]에 나온 〈문법〉과 〈음운(발음)〉에 대해 공부할 것입니다. 그리고 마지막으로 각 영역별(문법과 표현, 읽기, 듣기, 쓰기 등)로 나누어 문제를 풀이함으로써 다양한 학습효과를 갖도록 할 것입니다.

The topic of today's lecture is Going Shopping. First, we will look at Dialogue and Vocabulary about Going Shopping, and second, learn about grammar and pronunciation of words shown in Dialogue. Finally, we will learn more in the remaining sections of this unit such as 'Grammar & Expressions, Reading, Listening and Writing' mainly through working on various questions.

今天的課堂主題是〈去市場〉。首先學習與'去市場'有關的對話和詞匯，然后學習語法和音韻。最后通過對各個領域(語法与表現，閱讀，听力，寫作等)的練習增强學習效果。

학습목표 Learning goals 學習內容

o '시장 가기'에 대해 일상적으로 행해지는 구어와 문어 담화를 비교적 잘 수행할 수 있다.
  Students will be able to handle both oral and written discourse of Going Shopping
  occurring in everyday life in a relatively easy way.
  比較熟練地掌握有關'去市場'的口頭和書面上的談話。

o 읽기, 듣기 등 '시장 가기'에 필요한 기본적인 언어생활을 익힐 수 있다.
  Students will be able to learn basic expressions of Going Shopping through reading and
  listening.
  通過閱讀和听力練習掌握有關'去市場'的基本語言生活。

o '시장 가기'에 관련된 주제에 관해 짧은 글을 쓸 수 있다.
  Students will be able to write a short essay about Going Shopping.
  可以用有關'去市場'的主題寫短文。

o 적절한 기능적 표현을 사용하여 일상생활에 필요한 문법적 표현을 활용할 수 있다.
  Students will be able to use grammatical structures necessary for everyday life by
  employing appropriate functional expressions.
  可以用有關'去市場'的主題寫短文。

학습내용 Contents of Learning 學習內容

o [Dialogue] (對話)의 어휘 및 내용 파악하기
  Knowing vocabulary and meaning in Dialogue. 掌握對話的詞匯和內容。

o [Dialogue] (對話)를 통한 구문표현(문법, 음운) 이해하기
  Understanding syntactic expressions of grammar and phonology in Dialogue.
  通過對話理解构文表現(語法, 音韻)。

o 평가하기(문법과 표현, 읽기, 듣기, 쓰기)
  Evaluation(Grammar & Expressions, Reading, Listening and Writing)
  評价(語法与表現, 閱讀, 听力, 寫作)

o 정리하기 Summary 小結

이번 차시는 모두 2개 부분으로 구성하여 우선, 시장 가기에 관련된 [Dialogue] (對話)와 어휘를 공부할 것이고, 다음으로 [Dialogue] (對話)에 나온 〈문법〉과 〈음운(발음)〉에 대해 공부할 것입니다.

This section consists of two parts. The first part deals with Dialogue and Vocabulary of Going Shopping. The second part involves grammar and pronunciation in Dialogue. 這堂課分爲兩部分, 首先學習有關'去市場'的對話和詞匯, 然后學習語法和音韻(發音)。

◆ 다음 [Dialogue] (對話)를 듣고 어떤 내용인지 말해봅시다.

Listen to the Dialogue and tell what it is about. 听對話說內容。

[Dialogue] 對話

나오미	지인 씨, 어디에 가요?
박지인	시장에 가요. 주말에 할머니의 생신이에요.
나오미	무엇을 살 거예요?
박지인	할머니께서 좋아하시는 과일과 고기를 사서 드리려고 해요.
나오미	나는 지난주에 시장에 갔었어요. 여러 가지 물건이 있어서 물건을 고를 때 재미있었어요. 그래서 같이 가고 싶어요. 시장 구경도 하고 지인 씨 짐도 들어 줄게요.
박지인	네, 좋아요. 시장은 물건 값도 싸고, 판매원 아주머니들도 친절해서 좋아요.
판매원	손님 뭘 찾으세요?
박지인	홍시 있어요?

판매원	홍시를 좋아하시나 봐요. 요즘은 홍시 찾는 분들이 없어서 조금 밖에
	없어요.
박지인	저희 할머니가 좋아하세요. 이건 얼마예요?
판매원	한 상자에 만원이에요. 조금 더 큰 건 2만원이구요.
나오미	홍시가 뭐예요?
판매원	아주 잘 익은 감이에요. 아주 달고 부드러워요. 손님 이거 한 번 잡숴
	보세요.
나오미	정말 맛있어요. 지인 씨도 먹어 보세요.
박지인	음, 맛있네요. 이걸로 주세요.

[어휘] Vocabulary 詞匯

◆ 위에서 들은 [Dialogue] (對話)에 나온 어휘에 대해 함께 알아보겠습니다.
Let's take a look at vocabulary you hear in Dialogue.
一起學習〈對話〉中的詞匯。

〈대화〉 Conversation 對話

시장 가기 going shopping 去市場	싸다 be cheat 便宜
주말 weekend 周末	친절 kindness 親切
할머니 grandmother 奶奶	홍시 mellowed persimmon 軟柿子
생신 birthday 生日	상자 box 箱子
과일 fruit 水果	익다 be ripe 熟
고기 meat 肉	달다 be sweet 甛
재미있다 be fun 有意思	부드럽다 be soft 柔嫩
시장 구경 market sightseeing 逛市場	잡수다 eat 吃
값 price 价格	

〈읽기〉 Reading 閱讀

대형 gigantic 大型	물건 items 東西
할인 bargain 折扣	오래 long time 好久
아주머니 aunt 伯母	힘들다 be hard 吃力
친절 kindness 親切	즐겁다 be pleasant 快樂
낮 daytime 白天	

 〈듣기〉 Listening 听力

떡 Korean rice cake 糕	바쁘다 be busy 忙
손님 guest 顧客	감 persimmon 柿子

◆ 앞의 [Dialogue] (對話)에서 나온 어려운 구문에 대해 다시 학습하도록 하겠습니다. Let's study grammatical structures shown in Dialogue. 學習[對話]中的文章結构.

 〈구문 풀이〉 Structures 构文解析

> 주말에 할머니의 **생신이에요**.
> 과일과 고기를 사서 **드리려고 해요**.
> 시장 구경도 하고 지인 씨 짐도 **들어줄게요**.
> 손님 여기 한 번 **잡숴보세요**.
> 지인 씨도 **먹어보세요**.

이번 차시에는 앞의 [Dialogue] (對話)에서 나온 어려운 구문에 대한 〈문법〉과 〈음운(발음)〉에 대해 보다 자세하게 학습할 것입니다.

In the second part of this section, we will study various difficult grammatical structures and pronunciations introduced in Dialogue in some more detail.

這堂課要詳細學習第一堂課[對話]中有一定難度的語法和音韻(發音)。

1 [문법] Grammar 語法

❶ 객체높임법 Object honorifics 客体尊敬法

화자가 문장의 목적어나 부사어가 지시하는 대상, 곧 서술의 객체에 대하여 높임의 태도를 나타내는 문법 기능을 객체높임법이라 한다.

Object honorifics: This is a grammatical device which is used when speaker shows respect or politeness to object of a sentence or thing modified by adverb, that is, object of predicate.

客体尊敬法 : 說話者對文章的賓語或壯語所指示的對象卽所陳述的客体表示尊敬的語法形式。

객체높임법은 주로 동사에 의해 실현된다. 이는 어휘요소인 높임말과 유사하다.

나는 그 친구를 <u>데리고</u> 학교로 갔다.
나는 아버지를 <u>모시고</u> 집으로 갔다.
나는 그 책을 철수에게 <u>주었다</u>.
나는 그 책을 선생님께 <u>드렸다</u>.

❷ 높임말과 낮춤말 Honorific words and Intimate(humble) words 尊敬語和謙語

우리말에는 특수한 어휘를 사용함으로써 남을 높이거나 자기를 낮추어서 상대방을 높이는 방법이 있다. 이때 사용되는 어휘들을 '높임말'과 '낮춤말'이라 한다. 화자보다 높은 사람이나 관련 대상에 대하여 높임말을 사용하고, 청자가 화자보다 낮을 때에는 낮춤말을 사용한다.

Honorific words and Intimate(humble) words: In the Korean language there are several ways to show respect or politeness to hearer by using a group of particular words or terms. When speaker talks about a person or object that is higher than him/her, honorific words should be used. When hearer is lower than speaker, intimate words should be used.

尊敬語和謙語： 韓國語可以用特殊詞匯來表示對他人的尊敬, 也可以用這些詞匯來通過放低自己而間接表示對對方的尊敬。這時所使用的詞匯称'敬語'和'謙語'。對方或涉及對象的年齡, 身份在說話者之上時, 對他人使用敬語或對自己使用謙語。

높임말과 낮춤말

	직 접	간 접
① 높임말	주무시다(자다), 계시다(있다), 드리다(주다), 잡수시다(먹다), 돌아가시다(죽다), 뵙다(만나다), 여쭙다(말하다), 나이(연세)	진지(밥), 생신(생일), 말씀(말), 치아(이), 약주(술), 댁(집), 옥고(玉稿), 귀사(貴社) 등
② 낮춤말	저(나), 저희(우리)	말씀(말), 졸고(拙稿)

② [음운(발음)] Phoneme 音韻(讀音規則)

-으 규칙/ ㄹ 규칙 Rule -으/Rule ㄹ

'으'로 끝나는 어간은 모음으로 된 어미 '-아/-어' 앞에서 모음 충돌을 막기 위해 '으'가 탈락된다.

Root ending '으' in front of ending '-아/-어' deletes '으' in order to prevent vowel collision.

以'으'結尾的詞干在母音語尾'-아/-어'前發生'으'脫落以防母音冲突。

쓰+어→써, 끄+어→꺼, 바쁘+아→바빠

아프+아→아파, 기쁘+어→기뻐

'ㄹ' 받침을 가진 '울다, 살다, 알다, 돌다, 떨다, 멀다, 날다'와 같은 말이 'ㄴ, ㄹ, ㅂ, 오, -시' 앞에서 탈락된다. Verbs with 'ㄹ' final such as '울다, 살다, 알다, 돌다, 떨다, 멀다, 날다' drop 'ㄹ' final when they come before 'ㄴ, ㄹ, ㅂ, 오, -시'.

'ㄹ'收音的單詞'울다, 살다, 알다, 돌다, 떨다, 멀다, 날다' 等在'ㄴ, ㄹ, ㅂ, 오, -시'之前脫落。

> 울+니→우니, 울+ㅂ니다→웁니다, 울+오→우오, 울+시오→우시오
> 살+니→사니, 살+ㅂ니다→삽니다, 살+오→사오, 살+시오→사시오

03 평가
Evaluation 評价

이번 차시는 1차시와 2차시에서 학습한 내용의 문제를 풀이하는 시간입니다. 이에 〈문법과 표현〉, 〈읽기〉, 〈듣기〉 그리고 〈쓰기〉 영역으로 나누어 학습할 것입니다.

　這堂課要對第一、二堂課的內容分〈語法与表現〉,〈閱讀〉,〈听力〉,〈寫作〉四个部分進行練習。

 [문법과 표현] Grammar and Expressions 語法与表現

1 〈보기〉에서 제시한 예를 참고하여 아래 문제의 (　)을 채우시오.
Referring to the example, fill in the blanks below。仿照例句填空。

보기　먹다 → 잡수시다

❶ 주다 → (　　　　　　　　　　　)
❷ 생일 → (　　　　　　　　　　　)
❸ 죽다 → (　　　　　　　　　　　)

보기　아버지가 지금 잔다. → 아버지가 지금 주무신다.

❶ 할아버지께서 방 안에 있다. → (　　　　　　　　　)
❷ 오랜 만에 옛 선생님을 만난다. → (　　　　　　　　　)

다음 예문을 읽고 물음에 답하시오.

Read the passage and answer the questions. 閱讀例文回答問題。

> 시장은 여러 가지 물건을 판다. 대형 할인 마트보다 물건 값이 싸기 때문에 좋다. 아주머니들도 친절하다. 하지만 낮에만 물건을 팔고, 집에서 멀기 때문에 자주 안 간다. 지인 씨가 시장에 간다고 했다. 시장 구경도 하고 지인 씨와 이야기도 하고 싶어서 같이 가자고 했다. 오래 걸어서 다리가 아팠고, 조금 힘들었다. 하지만 홍시 라고 하는 과일을 먹어 봤는데 맛있었다. 그리고 여러 가지 재미있는 물건들을 구경했다. 지인 씨하고 이야기도 많이 했다. 그래서 아주 즐거웠다.

1 시장이 대형 할인 마트보다 좋은 이유는 무엇인가요?

2 사람들이 시장에 자주 가지 못하는 이유는?

3 화자가 시장에 가고 싶은 이유는 무엇인가요?

다음 내용을 듣고 물음에 답하시오.

Listen and answer the questions. 听對話回答問題。

MP3

손이	어머 미나 씨, 요즘 바빠 보이는데 시장에 왔네요?
미나	안녕하세요? 주말에 할아버지의 생신이라 왔어요.
손이	무엇을 살 거예요?
미나	할아버지께서 좋아하시는 떡과 과일을 사러 왔어요.
가게주인	손님 뭘 찾으세요?
미나	혹시 감 있어요?
가게주인	예, 여기 있어요.
미나	이건 얼마예요?
가게주인	한 상자에 오천원이에요.
미나	그럼, 두 상자 주세요.

---

1 미나 씨가 시장에 와서 사려고 한 물건은 무엇인가요?

2 미나 씨가 감을 얼마치 샀나요?

3 '으'가 탈락한 단어를 찾아 쓰세요.

시장에 가서 느낀 점을 쓰세요.

1. 높임말과 낮춤말

- 주무시다 - 자다, 계시다 - 있다
- 드리다 - 주다, 잡수시다 - 먹다
- 돌아가시다 - 죽다, 뵙다 - 만나다
- 여쭙다 - 말하다
- 진지 - 밥, 생신 - 생일
- 말씀 - 말, 치아 - 이
- 약주 - 술, 댁 - 집
- 옥고(玉稿) - 졸고(拙稿)

2. '으', '르' 규칙 탈락

- 쓰+어→써   끄+어→꺼
- 바쁘+아→바빠   아프+아→아파
- 기쁘+어→기뻐

- 울+니→우니   울+ㅂ니다→웁니다
- 울+오→우오   울+시오→우시오

단어사전 Dictionary of words 詞匯表

시장 가기 going shopping 去市場	시장에 가는 행위	주말 weekend 周末	한 주일의 끝인 토요일과 일요일
할머니 grandmother 奶奶	아버지의 어머니	생신 birthday 生日	생일(태어난 날)의 높임말
과일 fruit 水果	사람이 먹을 수 있는 열매	고기 meat 肉	먹을 수 있는 동물의 살
재미있다 be fun 有意思	즐겁고 유쾌한 기분이나 느낌이 있다	시장 구경 market sightseeing 逛市場	시장을 돌아다니며 관심을 가지고 봄
값 price 价格	물건을 사고팔 때 받는 돈	싸다 be cheat 便宜	물건을 사는데 드는 비용이 보통보다 적다
친절 kindness 親切	대하는 태도가 매우 공손하고 부드러움	홍시 mellowed persimmon 軟柿子	물렁하게 잘 익은 감
상자 box 箱子	물건을 넣어두는 네모난 그릇	익다 be ripe 熟	열매가 맛이 들다
달다 be sweet 甜	꿀이나 설탕의 맛과 같다	부드럽다 be soft 柔嫩	거칠지 않고 따뜻하다
잡수다 eat 吃	먹다의 높임말	대형 gigantic 大型	큰 규모(크기)
할인 bargain 折扣	일정한 값에서 얼마를 뺌	아주머니 aunt 伯母	결혼한 여자를 이르는 말
낮 daytime 白天	해가 뜰 때부터 질 때까지의 동안	물건 items 東西	사고 파는 물품
오래 long time 好久	시간이 지나가는 동안이 길게	힘들다 be hard 吃力	힘이 쓰인다
즐겁다 be pleasant 快樂	마음이 기쁘다	떡 Korean rice cake 糕	곡식 가루를 찐 것을 빚어서 만든 음식
손님 guest 顧客	상점에 물건을 사러 오는 사람	바쁘다 be busy 忙	일이 많아서 시간이 없다
감 persimmon 柿子	둥글고 붉은 빛이 나는 열매	옥고 esteemed manuscript 玉稿	(獄稿)감옥에 갇혀 지내는 고생 (玉稿)훌륭한 글
졸고 poor manuscript 拙稿	(拙稿)내용이 보잘것없는 글	끄다 turn off 關	불을 못 타게 막다

기쁘다 be delighted 高興	마음에 즐거운 느낌이 나다	**아프다** be painful 痛	병이 나거나 다쳐서 괴로움을 느끼다
울다 cry 哭	소리를 내면서 눈물을 흘리다	**높임말** honorific words 敬語	사람이나 사물을 높여 이르는 말
낮춤말 intimate words	사람이나 사물을 낮게 이르는 말	**청자** hearer 听者	말 듣는 사람
화자 speaker 說話者	말 하는 사람		

메모하세요

제9과

가족과 이웃
Family and Neighborhood, 家族与鄰居

01 들어가기
Introduction 導言

오늘은 〈가족과 이웃〉이라는 주제로 수업을 진행할 것입니다. 따라서 우선, 가족과 이웃에 관련된 [Dialogue] (對話)와 어휘를 공부할 것이고, 다음으로 [Dialogue]에 나온 〈문법〉과 〈음운(발음)〉에 대해 공부할 것입니다. 그리고 마지막으로 각 영역별(문법과 표현, 읽기, 듣기, 쓰기 등)로 나누어 문제를 풀이함으로써 다양한 학습효과를 갖도록 할 것입니다.

The topic of today's lecture is Family and Neighborhood. First, we will look at Dialogue and Vocabulary about Family and Neighborhood, and second, learn about grammar and pronunciation of words shown in Dialogue. Finally, we will learn more in the remaining sections of this unit such as 'Grammar & Expressions, Reading, Listening and Writing' mainly through working on various questions.

今天的課堂主題是〈家族与鄰居〉。首先學習与'家族与鄰居'有關的對話和詞匯，然后學習語法和音韻。最后通過對各个領域(語法与表現，閱讀，听力，寫作等)的練習增强學習效果。

학습목표 Learning goals 學習內容

○ '가족과 이웃'에 대해 일상적으로 행해지는 구어와 문어 담화를 비교적 잘 수행할 수 있다.
Students will be able to handle both oral and written discourse of Family and Neighborhood occurring in everyday life in a relatively easy way.
比較熟練地掌握有關'家族与鄰居'的口頭和書面上的談話。

○ 읽기, 듣기 등 '가족과 이웃'에 필요한 기본적인 언어생활을 익힐 수 있다.
Students will be able to learn basic expressions of Family and Neighborhood through reading and listening.
通過閱讀和听力練習掌握有關'家族与鄰居'的基本語言生活。

○ '가족과 이웃'에 관련된 주제에 관해 짧은 글을 쓸 수 있다.
Students will be able to write a short essay about Family and Neighborhood.
可以用有關'家族与鄰居'的主題寫短文。

○ 적절한 기능적 표현을 사용하여 일상생활에 필요한 문법적 표현을 활용할 수 있다.
Students will be able to use grammatical structures necessary for everyday life by employing appropriate functional expressions.
能够運用日常所需的語法形式。

학습내용 Contents of Learning 學習內容

○ [Dialogue] (對話)의 어휘 및 내용 파악하기
Knowing vocabulary and meaning in Dialogue. 掌握對話的詞匯和內容

○ [Dialogue] (對話)를 통한 구문표현(문법, 음운) 이해하기
Understanding syntactic expressions of grammar and phonology in Dialogue.
通過[對話]理解构文表現(語法, 音韻)。

○ 평가하기(문법과 표현, 읽기, 듣기, 쓰기)
Evaluation(Grammar & Expressions, Reading, Listening and Writing)
評价(語法与表現, 閱讀, 听力, 寫作)

○ 정리하기 Summary 小結

02 학습 내용
Contents of Learning 學習內容

이번 차시는 모두 2개 부분으로 구성하여 우선, 가족과 이웃에 관련된 [Dialogue] (對話)와 어휘를 공부할 것이고, 다음으로 [Dialogue] (對話)에 나온 〈문법〉과 〈음운(발음)〉에 대해 공부할 것입니다.

This section consists of two parts. The first part deals with Dialogue and Vocabulary of Family and Neighborhood. The second part involves grammar and pronunciation in Dialogue.

這堂課分爲兩部分, 首先學習有關'家族与鄰居'的對話和詞匯, 然后學習語法和音韻(發音)。

◆ 다음 [Dialogue] (對話)를 듣고 어떤 내용인지 말해봅시다.

Listen to the Dialogue and tell what it is about. 听對話說內容。

[Dialogue] 對話

> A 안녕하세요? 이번에 우리 가정이 솔빛 아파트 111호로 이사 왔어요.
>
> B 멀리 가지 않고, 솔빛 아파트로 이사 오신 거 축하드려요.
>
> A 여전히 고우시네요. 참, 우리집 큰애 민수이고, 작은애 영희예요. 인사드려라.
>
> 민수, 영희 : 안녕하세요?
>
> B 그래, 반갑구나. 민수는 우리집 진호와 학년이 같다고 들었는데.
>
> 민수 예, 지난 번에는 같은 반이었는데, 지금은 다른 반이라, 함께 공부하지 못해 아쉽습니다.
>
> B 민수 어머니, 시간 있으시면 우리집에서 차나 드시지요?
>
> A 지금은 외출하는 중이라 차를 마실 수 없어요. 다음에 할게요.

B 좋은 이웃을 만나서 반가워요. 잘 다녀오세요.	
A 고마워요.	

[어휘] Vocabulary 詞匯

◆ 위에서 들은 [Dialogue] (對話)에 나온 어휘에 대해 함께 알아보겠습니다.
Let's take a look at vocabulary you hear in Dialogue.
一起學習〈對話〉中的詞匯。

〈대화〉 Conversation 對話

가족 family 家族	학년 grade 學年, 年級
이웃 neighborhood 邻居	같은 the same 相同
이사오다 move 搬過來	다른 different 不同
멀리 far 遠	차 tea 茶
축하 congratulation 祝賀	외출 going out 外出
반갑다 be glad 高興	

〈읽기〉 Reading 閱讀

환경 environment 环境	서재방 a studying room 書房
이사 moving 搬, 搬家	넓은 spacious 寬敞
가장 most 最	필요 necessity 需要
왕래 correspondence 來往	이해 understanding 理解
편리 convenience 方便	

〈듣기〉 Listening 听力

한가하다 have spare time 空閑	아름답다 be wonderful 美麗, 漂亮
고맙다 be thankful 謝謝	소개 introduction 介紹

◆ 앞의 [Dialogue] (對話)에서 나온 어려운 구문에 대해 다시 학습하도록 하겠습니다. Let's study grammatical structures shown in Dialogue. 學習[對話]中的文章結構

 〈구문 풀이〉 Structures 构文解析

> 멀리 **가지 않고**
> 함께 **공부하지 못해** 아쉽습니다.
> 차를 **마실 수 없어요**.
> 여전히 **고우시네요**.

이번 차시에는 앞의 [Dialogue] (對話)에서 나온 어려운 구문에 대한 〈문법〉과 〈음운(발음)〉에 대해 보다 자세하게 학습할 것입니다.

In the second part of this section, we will study various difficult grammatical structures and pronunciations introduced in Dialogue in some more detail.

這堂課要詳細學習前面[對話]中有一定難度的語法和音韻(發音)。

1 [문법] Grammar 語法

부정 표현 Negation 否定表現

부정을 나타내는 '아니(안), 못'과 같은 부정부사를 사용하는 문장을 말한다. '안부정문과 '못'부정문 모두 긴 부정문과 짧은 부정문을 갖는다.

Negation: Negation refers to sentences containing negative adverbs such as'아니(안), 못'. Negators such as'안'and'못'are included into both short and long negative sentences.

否定表現是使用表示否定的'아니(안), 못'等否定副詞的句子。'안'和'못'否定句都可具有長否定句或短否定句。

❶ '안' 부정문 '안' Negative sentence '안' 否定文

부정을 나타내는 '아니(안)'이나 용언 어간에 보조적 연결어미 '지'를 연결하고 그 뒤에 '아니하다(않다)'를 써서 이루어진다.

It is formed by 아니(안)'indicating negation or root of a declinable word(verb or adjective) plus a helping connective ending '지'followed by'아니하다(않다)'.

表示否定的'아니(안)'或用言詞干后接補助連接詞尾'지'后再續'아니하다(않다)'來构成。

① 짧은 부정문 : 긍정문의 형식을 사용하고, 서술어 앞에 '안(아니)'를 놓음으로써 이루어진다.

Short negative sentence: It takes the form of positive sentence, and is formed by placing '안(아니)' in front of predicate.

短否定句 : 使用肯定句的形式, 叙述語之前置'안(아니)'來构成。

철수는 학생이다. → 철수는 학생이 <u>아니다(아니+이다)</u>.
집에 간다. → 집에 <u>안 간다</u>.
영희는 공부한다 → *영희는 안 공부한다.
　　　　　　　　　영희는 <u>공부 안 한다</u>.

② 긴 부정문 : '보조적 연결어미+아니하다(않다)'로 용언의 어간에 '-지 아니하다(않다)'가 결합된 부정문이다.

Long negative sentence: It takes the form of '보조적 연결어미(a helping connective ending) +아니하다(않다)', and is formed by adding '-지 아니하다(않다)' to root of a declinable word(verb or adjective).

長否定句：用'補助連接詞尾+아니하다(않다)'构成的否定句。卽用言詞干后接續 '-지 아니하다(않다)。

날씨가 춥다 → 날씨가 <u>춥지 않다</u>.
철수는 학생이다 → 철수는 <u>학생이지 않다</u>.

❷ '못' 부정문 '못' Negative sentence '못' 否定文

부정을 나타내는 부정문에는'못'과 '-지 못하다' 등을 써서 이루어진다. '안(아니)'가 객관적 사실에 대한 부정과 동작주의 의지에 의한 부정이라면, '못'부정은 능력부족이나 외부의 원인으로 어떤 일이 안되는 상황이나 기대에 미치지 못하는 부정문에 사용된다.

Negative sentences are formed through the use of '못'and'-지'. Negator '안(아니)' is used to express denial of objective facts and actor's willingness while negator '못'is used to say no about lack of ability, situation in which things are not going well because of exterior causes, or case in which things fall short of expectations.

表示否定的否定句以 '못'과'-지 못하다'來完成。'안(아니)'是基于對客觀事實和動作主體意志的否定, 而'못'否定則用于能力不足或外部原因導致某种事情不能實現或達不到期待的否定句。

① 짧은 부정문 : 서술어 앞에 부정부사 '못'을 놓아 만든다.

Short negative sentence: It is formed by placing a negative adverb '못' in front of predicate.

短否定句：叙述語之前置'못'來构成。

민수는 대학교에 갔다. → 철수는 대학교에 <u>못 갔다</u>.
그 일을 처리했다. → 그 일을 <u>못 처리했다</u>.
교실이 깨끗하다 → *교실이 못 깨끗하다.
　　　　　　　　　교실이 <u>깨끗하지 못하다</u>.

② 긴 부정문: 용언의 어간에 '-지(보조적 연결어미) + 못하다'를 붙여 만든다.

Long negative sentence: It is formed by adding '-지(보조적 연결어미: a helping connective ending) + 못하다' to root of a declinable word(verb or adjective).

長否定句： 用言詞干接續-지(보조적 연결어미) + 못하다'來构成。

민수는 대학교에 갔다 → 민수는 대학교에 <u>가지 못했다</u>.
운동장이 넓다 → *운동장이 못 넓다.
　　　　　　　　　운동장이 <u>넓지 못하다</u>.

❸ '안'부정문과 '못'부정문의 의미상의 차이 Difference in meaning between '안' negation and '못' negation。'안'和'못'否定句的差异.

나는 집에 안 간다'(나의 의지로 갈 생각이 없음)
나는 집에 못 간다'(나의 의지와 관계없이 외부의 원인으로 갈 생각이 없음)

❹ 명령문과 청유문의 부정

Negation in imperative and suggestion 命令句和請誘句的否定
명령문과 청유문에는 '안'부정문과 '못'부정문이 쓰이지 못하고 '-지 말다'를 이용하여 부정을 하게 된다.

*집에 가지 않아라(청유문) → 집에 <u>가지 말아라(마라)</u>.
*집에 가지 못 해라(명령문) → 집에 <u>가지 말아라(마라)</u>.
*집에 가지 않자(청유문) → 집에 <u>가지 말자</u>.
*집에 가지 못하자(청유문) → 집에 <u>가지 말자</u>.

2 [음운(발음)] Phoneme 音韻(讀音規則)

ㅂ **불규칙** : 'ㅂ' 받침을 가진 동사가 모음으로 시작하는 어미를 만나면, 양성모음(ㅏ, ㅗ) 다음에는 '오'로, 음성모음(ㅓ, ㅜ) 다음에는 '우'로 바뀐다.

ㅂ **irregular:** A verb with 'ㅂ' final changes to '오' in front of positive vowels(ㅏ, ㅗ),

and changes to '우' in front of negative vowels(ㅓ, ㅜ).

ㅂ 不規則 : 'ㅂ' 收音動詞与以母音開頭的語尾接續時在陽性母音(ㅏ, ㅗ)之后變爲'오', 陰性母音(ㅓ, ㅜ) 之后變爲'우'。

예) 곱다 : 곱+아 〉 고바 〉 고+오+아 〉 고와
　　굽다 : 굽+어 〉 구버 〉 구+우+어 〉 구워

이와 같은 용언(동사, 형용사)으로는 '덥다, 돕다, 춥다, 밉다, 눕다, 반갑다, 어렵다, 아름답다' 등이 있다. Declinable words(verb, adjective) like this include '덥다, 돕다, 춥다, 밉다, 눕다, 반갑다, 어렵다, 아름답다' etc.

此類用言(動詞, 形容詞)有'덥다, 돕다, 춥다, 밉다, 눕다, 반갑다, 어렵다, 아름답다' 等。

이번 차시는 1차시와 2차시에서 학습한 내용의 문제를 풀이하는 시간입니다. 이에 〈문법과 표현〉, 〈읽기〉, 〈듣기〉 그리고 〈쓰기〉 영역으로 나누어 학습할 것입니다.

이번 차시는 1차시와 2차시에서 학습한 내용에 대해 문제를 풀이하는 시간입니다. 이에 〈문법과 표현〉, 〈읽기〉, 〈듣기〉 그리고 〈쓰기〉 영역으로 나누어 학습할 것입니다.

This section is designed to solve questions about what you learn in the previous two sections. It consists of four parts: Grammar & Expressions, Reading, Listening and Writing.

這堂課要對第一, 二堂課的內容分〈語法与表現〉, 〈閱讀〉, 〈听力〉, 〈寫作〉四个部分進行練習。

[문법과 표현] Grammar and Expressions 語法与表現

1 〈보기〉에서 제시한 예를 참고하여 아래 문제의 ( )을 채우시오.
Referring to the example, fill in the blanks below. 仿照例句填空。

보기 비가 왔다. → (1) 비가 안 왔다.
(2) 비가 오지 않았다.

---

❶ 친구가 집에 갔다.

② 주말에 영화를 보았다.

보기	도서관에 간다. → (1) 도서관에 못 간다.
	(2) 도서관에 가지 못한다.

① 오늘밤 동생이 온다.

② 날씨가 춥다.

[읽기] Reading 閱讀

다음 예문을 읽고 물음에 답하시오.

Read the passage and answer the questions. 閱讀例文回答問題。

> 이번에 우리 가정은 지금 살던 곳에서 멀지 않은 솔빛 아파트로 이사했습니다. 그 이유는 아파트 환경이 좋고, 무엇보다도 교통이 편리하기 때문입니다. 이번에 조금 넓은 집으로 이사했는데, 그 이유 중 가장 큰 것은 서재방이 필요했기 때문입니다. 우리가족은 애들 아빠부터 민수, 영희 그리고 저까지 모두가 책을 좋아하고, 또 모두들 공부를 하고 있습니다. 먼저 살던 집도 좋은 이웃을 만났는데, 이곳에서도 서로 이해해주고 왕래할 수 있는 그런 이웃을 만나서 감사드립니다.

1 멀리 이사하지 않고 가까운 솔빛 아파트로 이사한 가장 큰 이유는 무엇인가요?

2 이번에 조금 더 넓은 집으로 이사한 이유는 무엇인가요?

3 이 가족은 모두 몇 명인가요?

[듣기] Listening 听力

다음 내용을 듣고 물음에 답하시오.

Listen and answer the questions. 听對話回答問題。

A 안녕하세요? 만나서 반가워요.
B 우리 아파트로 이사 오신 거 축하드려요.
A 여전히 아름다우시네요.
B 그렇게 봐 주시니 고마워요.
A 우리집에서 차 한잔 하실래요?
B 주말이라 가족들이 모두 있을 텐데, 다음에 한가하실 때 하시지요.
A 괜찮아요. 우리 가족도 소개할 겸 들어오세요.
B 감사해요.

1 이사 오기 전에 두 사람은 서로 아는 사이였음을 알려주는 대화는 무엇인가
요?

2 차를 대접하는 이유는 무엇인가요?

3 다음 대화 중 'ㅂ' 불규칙 단어가 아닌 것은?
❶ 반가워요 ❷ 축하드려요
❸ 아름다우시네요 ❹ 고마워요

[쓰기] Writing 寫作

본인의 가족을 소개하세요.

1. 부정 표현

(1) '안' 부정문

- 철수는 학생이다. → 철수는 <u>학생이 아니다</u>(아니+이다).
- 집에 간다. → 집에 <u>안 간다</u>.
- 영희는 공부한다 → *영희는 안 공부한다.
                    영희는 <u>공부 안 한다</u>.
- 날씨가 춥다 → 날씨가 <u>춥지 않다</u>.
- 철수는 학생이다 → 철수는 <u>학생이지 않다</u>.

(2) '못'부정문

- 민수는 대학교에 갔다. → 철수는 대학교에 <u>못 갔다</u>.
- 그 일을 처리했다. → 그 일을 <u>못 처리했다</u>.
- 교실이 깨끗하다 → *교실이 못 깨끗하다.
                    교실이 <u>깨끗하지 못하다</u>.
- 민수는 대학교에 갔다 → 민수는 대학교에 <u>가지 못했다</u>.
- 운동장이 넓다 → *운동장이 못 넓다.
                   운동장이 <u>넓지 못하다</u>.

2. 'ㅂ'불규칙

곱+아 〉 고봐 〉 고+오+아 〉 고와
굽+어 〉 구버 〉 구+우+어 〉 구워

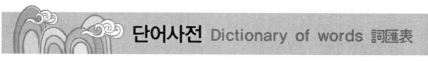

단어사전 Dictionary of words 詞匯表

가족 family 家族	가정에서 생활하는 혈연과 혼인으로 맺어진 공동체	이웃 neighborhood 鄰居	가까이 있거나 나란히 이어서 경계가 접하여 있음
이사오다 move 搬過來	사는 곳을 다른 곳으로 옮겨 오다	멀리 far 遠	한 지점에서 거리가 몹시 떨어진 상태로
축하 congratulation 祝賀	남의 좋은 일을 기뻐하고 즐거워하는 뜻으로 하는 인사	반갑다 be glad 高興	사람을 만나 마음이 즐겁고 기쁘다
학년 grade 學年, 年級	일 년을 단위로 구분한 학교 교육의 단계	같은 the same 相同	서로 다르지 않은
다른 different 不同	서로 같지 않은	차(茶) tea 茶	차 잎을 달이거나 우려서 마시는 물
외출 going out 外出	집에서 벗어나 잠시 밖으로 나감	환경 environment 环境	생활하는 주위의 상태
이사 moving 搬, 搬家	사는 곳을 다른 데로 옮김	가장 most 最	여럿 가운데 정도가 높거나 세게
편리 convenience 方便	편하고 이용하기 쉬움	서재방 a studying room 書房	책을 두고 읽거나 글을 쓰는 방
넓은 spacious 寬敞	면이나 바닥의 면적이 큰	필요 necessity 需要	꼭 요구되는 바가 있음
이해 understanding 理解	깨달아 앎	왕래 correspondence 來往	가고 오고 함
아름답다 be wonderful 美麗, 漂亮	모습이나 마음씨가 훌륭하고 예쁘다	소개 introduction 介紹	모르는 사람을 알고 지내도록 관계를 맺어 줌
한가하다 have spare time 空閑	시간이 생겨 여유가 있다	고맙다 謝謝	남이 준 도움에 대하여 마음이 즐겁다
부정 표현 n egative Expression 否定表現	그렇지 않음. 반대의 의미를 나타내는 표현	명령문 imperative 命令句	화자가 청자에게 무엇을 시키거나 행동을 요구하는 문장
청유문 suggestive sentence 請誘句	화자가 청자에게 같이 행동할 것을 요청하는 문장	깨끗하다 be clean 干淨	잘 정돈되어 더럽지 않다

넓다 be spacious 寬	면이나 바닥의 면적이 크다	**어렵다** be difficult 難	하기가 까다로워 힘이 들다
덥다 be hot 熱	기온이 높아 몸에 느끼는 기운이 뜨겁다	**돕다** help 帮忙	남이 하는 일을 거들거나 힘을 보태다
춥다 be cold 冷	기온이 낮아 몸에 느끼는 기운이 차다	**밉다** hate 討厭	하는 짓이 마음에 들지 아니하고 싫다
눕다 lie down 躺	몸을 바닥에 대고 수평이 되게 하다		

제10과

성격과 감정
Personality and Emotion, 性格与感情

---

01 | 들어가기
Introduction 導言

　오늘은 〈성격과 감정〉이라는 주제로 수업을 진행할 것입니다. 따라서 우선, 성격과 감정에 관련된 [Dialogue] (對話)와 어휘를 공부할 것이고, 다음으로 [Dialogue]에 나온 〈문법〉과 〈음운(발음)〉에 대해 공부할 것입니다. 그리고 마지막으로 각 영역별(문법과 표현, 읽기, 듣기, 쓰기 등)로 나누어 문제를 풀이함으로써 다양한 학습효과를 갖도록 할 것입니다.

　The topic of today's lecture is Personality and Emotion. First, we will look at Dialogue and Vocabulary about Personality and Emotion, and second, learn about grammar and pronunciation of words shown in Dialogue. Finally, we will learn more in the remaining sections of this unit such as 'Grammar & Expressions, Reading, Listening and Writing' mainly through working on various questions.

　今天的課堂主題是〈性格与感情〉。首先學習与〈性格与感情〉有關的對話和詞匯，然后學習語法和音韻。最后通過對各个領域(語法与表現，閱讀，听力，寫作等)的練習增强學習效果。

학습목표 Learning goals 學習内容

○ '성격과 감정'에 대해 일상적으로 행해지는 구어와 문어 담화를 비교적 잘 수행할 수 있다.
Students will be able to handle both oral and written discourse of Personality and Emotion occurring in everyday life in a relatively easy way.
比較熟練地掌握有關〈性格与感情〉的口頭和書面上的談話。

○ 읽기, 듣기 등 '성격과 감정'에 필요한 기본적인 언어생활을 익힐 수 있다.
Students will be able to learn basic expressions of Personality and Emotion through reading and listening.
通過閱讀和听力練習掌握有關〈性格与感情〉的基本語言生活。

○ '성격과 감정'에 관련된 주제에 관해 짧은 글을 쓸 수 있다.
Students will be able to write a short essay about Personality and Emotion.
可以用有關〈性格与感情〉的主題寫短文。

○ 적절한 기능적 표현을 사용하여 일상생활에 필요한 문법적 표현을 활용할 수 있다.
Students will be able to use grammatical structures necessary for everyday life by employing appropriate functional expressions.
能够運用日常所需的語法形式。

학습내용 Contents of Learning 學習内容

○ [Dialogue] (對話)의 어휘 및 내용 파악하기
Knowing vocabulary and meaning in Dialogue. 掌握對話的詞匯和内容。

○ [Dialogue] (對話)를 통한 구문표현(문법, 음운) 이해하기
Understanding syntactic expressions of grammar and phonology in Dialogue
通過對話理解构文表現(語法, 音韻)。

○ 평가하기(문법과 표현, 읽기, 듣기, 쓰기)
Evaluation(Grammar & Expressions, Reading, Listening and Writing)
評价(語法与表現, 閱讀, 听力, 寫作)

○ 정리하기 Summary 小結

02 학습 내용
Contents of Learning 學習內容

이번 차시는 모두 2개 부분으로 구성하여 우선, 성격과 감정에 관련된 [Dialogue] (對話)와 어휘를 공부할 것이고, 다음으로 [Dialogue] (對話)에 나온 〈문법〉과 〈음운(발음)〉에 대해 공부할 것입니다.

This section consists of two parts. The first part deals with Dialogue and Vocabulary of Personality and Emotion. The second part involves grammar and pronunciation in Dialogue.

這堂課分爲兩部分, 首先學習有關〈性格与感情〉的對話和詞匯, 然后學習語法和音韻(發音)。

◆ 다음 [Dialogue] (對話)를 듣고 어떤 내용인지 말해봅시다.

Listen to the Dialogue and tell what it is about. 听對話說內容。

[Dialogue] 對話

> 하리 　소라 씨, 무슨 일 있어요? 얼굴이 안 좋아요.
> 소라 　남자 친구와 싸워서 기분이 안 좋아요.
> 하리 　왜 싸웠어요?
> 소라 　어제가 우리 만난 지 백일째 되는 날이어서 함께 저녁을 먹으려고 했어요. 그런데 백일인 것을 모르고 있지 뭐예요.
> 하리 　그래요? 무심한 남자 친구로군요. 소라 씨가 화가 많이 났겠어요.
> 소라 　네, 태연한 척 하려고 했지만, 제가 좀 소심한가봐요. 짜증이 나더라구요.
> 하리 　여자들은 기념일에 예민하다고 들었어요. 기분 풀어요.

소라   네. 자기도 미안한지, 이따가 영화 보러 가자고 하는데, 받아줘야겠죠?

하리   그 분도 노력을 하고 있네요. 그럼, 즐거운 시간 보내요.

소라   고마워요. 이야기를 하니 기분이 좀 나아졌어요. 너무 오래 앉아 있었네요. 내일 봐요.

▌[어휘] Vocabulary 詞匯 ▌

◆ 위에서 들은 [Dialogue] (對話)에 나온 어휘에 대해 함께 알아보겠습니다.

Let's take a look at vocabulary you hear in Dialogue.

一起學習〈對話〉中的詞匯。

〈대화〉 Conversation 對話

성격 personality 性格	소심하다 be timid 小心眼
감정 emotion 感情	짜증 irritation 心煩
싸우다 fight 吵架, 打架	기념일 anniversary 紀念日
기분 mood, feeling 心情, 情緒	예민 acuteness 敏銳
백일 100 days 百日	받아주다 accept 接受
무심한 absent-minded 不關心, 不留意	노력 endeavor 努力
화가 나다 be angry 生气	나아지다 get better 轉好
태연 composure 鎭靜, 沉着	

〈읽기〉 Reading 閱讀

부부 husband and wife 夫妻	예의 politeness 礼貌, 礼儀
비교적 comparatively 較爲	유머 humor 幽默

달콤한 sweet 甛蜜的	사교성 sociability 社交性
차이 difference 差异	성실 sincerity 誠實
남편 husband 丈夫	책임감 responsibility 責任心
아내 wife 妻子	이해심 understanding 包容心
갈등 conflict 矛盾	배려 consideration 照顧, 關怀
다정다감 sentimentality 感情丰富	능력 ability 能力
무뚝뚝함 bluntness 倔, 粗魯	적극적 active 積极
직장 workplace 工作單位	존중 respect 尊重
인기있는 popular 有人气	외모 appearance 外貌
남성사원 male-worker 男職員	온화 mild 溫和
순위 ranking 排名	편안한 convenient 舒服
친절 kindness 親切	

 〈듣기〉 Listening 听力

여성사원 female-worker 女職員	세련 refinement 精致
순위 ranking 排名	외모 appearance 外貌
활발 briskness 活潑	애교 charm 嬌气
명랑 brightness 明朗	싹싹한 docile, 和气
상냥 kindness 和藹	재치 humor 机灵

◆ 앞의 [Dialogue] (對話)에서 나온 어려운 구문에 대해 다시 학습하도록 하겠습니다. Let's study grammatical structures shown in Dialogue. 學習[對話中的文章結构

〈구문 풀이〉 Structures 构文解析

> 함께 저녁을 **먹으려고 했었어요**.
> 백일인 것을 **모르고 있지** 뭐예요.
> 태연한 척 **하려고 했지만**
> 그 분도 노력을 **하고 있네요**
> 너무 오래 **앉아 있었네요**.
> 예민하다고 **들었어요**.
> 기분이 좀 **나아졌어요**.

이번 차시에는 앞의 [Dialogue] (對話)에서 나온 어려운 구문에 대한 〈문법〉과 〈음운 (발음)〉에 대해 보다 자세하게 학습할 것입니다.

In the second part of this section, we will study various difficult grammatical structures and pronunciations introduced in Dialogue in some more detail.

這堂課要詳細學習第一堂課[對話]中有一定難度的語法和音韻(發音)。

1 [문법] Grammar 語法

동사상(동작상) Verbal aspect 動詞相(動作相)

시간의 흐름 속에서 발화시를 기준으로 동작이 계속 이어 가는 모습(진행상), 동작이 막 끝난 모습(완료상) 등의 문법 기능을 동사상(동작상)이라 한다. 이는 '본용언+보조용 언'에 의한 통사적 구성에 의해 실현되는데, 대표적인 것으로 '-고 있-'에 의한 진행상과 '-아(어) 있-'에 의한 완료상을 들 수 있다.

Verbal aspect is a grammatical function used to express the idea that action is in progress(continues) or is just completed. It is realized through a syntactic structure of 'main verb+helping verb' in which '-고 있-' expresses progressive aspect, and '-아(어) 있-' represents perfect aspect.

是某种動作以發話時爲基准継續進行或剛好結束的語法形式。它以'本用言+輔助用言'的文章 結構來表達, 代表性的有'-고 있-'形式的進行時和'-아(어) 있-'形式的完成時。

제10과 성격과 감정 **157**

① 광수는 학교에 <u>오고 있다</u>.(진행상)
　 민수는 의자에 <u>앉아 있다</u>.(완료상)

이외에도 진행상의 '-어 오-', '-어 가-'가 있고, 완료상을 나타내는 '-어 있-'이나 '-고2
있-' 외에도 '-어 버리-', '-어 치우-', '-어 내-', '-어 나-', '-어 두-', '-어 놓-', '-고 말-'이 있다.

② 아기가 <u>기어 온다</u>.
　 과일이 빨갛게 <u>익어 간다</u>.

③ 영수는 그 남은 빵을 다 <u>먹어 버렸다</u>.
　 혜인이는 그 원서를 다 <u>읽어 내었다</u>.
　 지인이는 옷을 두껍게 <u>입어 두었다</u>.
　 사랑하던 영미가 <u>떠나고 말았다</u>.

그리고 앞으로 일어날 예정상의 '-려고 하'가 있다.

　 배가 <u>떠나려고 한다</u>.
　 이 선수가 공을 <u>차려고 한다</u>.

〈참고〉 '-고 있-'은 본용언의 어근이 무엇이냐에 따라 진행상과 완료상의 의미를 모두
갖는다. '-고 있-' has two meanings of both progressive aspect and perfect aspect
according to root of main verb.
　 〈參考〉 '-고 있-' 根据本用言詞根均可表示進行時和完成時。

철수는 모자를 <u>쓰고 있다</u>.(① 쓰는 중이다, ② 이미 쓰고 있는 상태)
영수는 이불을 <u>덮고 있다</u>.(① 덮는 중이다, ② 이미 덮고 있는 상태)

* 완성동사(입다, 벗다, 신다, 벗다, 매다, 풀다, 끼다, 열다, 닫다, 감다 등)
　 Completion verb(wear, take off, hang, open, close, wind etc)
　 完成動詞(穿, 脫, 穿, 脫, 系, 解, 戴, 開, 關, 卷 等)

2 [음운(발음)] Phoneme 音韻(讀音規則)

❶ 'ㄷ'불규칙 'ㄷ'Irregular verbs 'ㄷ'不規則

어간이 'ㄷ'으로 끝나는 일부 동사는 모음으로 시작되는 어미와 만나면 'ㄷ'이 'ㄹ'로 바뀌는 현상이다. In some verbs whose root ends with 'ㄷ', 'ㄷ'changes to 'ㄹ'when it meets with ending beginning with vowel.
詞根以'ㄷ'結尾的一些動詞与以母音開頭的詞尾相結合時發音變爲'ㄹ'的現象。

듣다 : 듣+어〉들어, 듣+으면〉들으면, 듣+어서〉들어서

　걷다, 싣다, 묻다(질문하다), 깨닫다

〈참고〉 닫다, 묻다(땅에 파묻다), 믿다, 얻다 등은 모음과 만나도 'ㄷ'이 'ㄹ'로 바뀌지 않는 규칙동사이다.

닫다 : 닫+아〉닫아, 닫+으면〉닫으면, 닫+아서〉닫아서

〈Reference〉 Verbs like 닫다, 묻다(땅에 파묻다), 믿다, 얻다 are called regular verbs because a final ㄷ'in them is not changed to 'ㄹ'though they meet with vowel.
〈參考〉 닫다, 묻다(땅에 파묻다), 믿다, 얻다等与母音連接時'ㄷ'不變成'ㄹ', 屬于規則動詞。

❷ 'ㅅ'불규칙 'ㅅ'Irregular verbs'ㅅ'不規則

어간이 'ㅅ'으로 끝난 일부 동사는 모음으로 시작되는 어미와 만나면 'ㅅ'이 탈락된다. In some verbs whose root ends with 'ㅅ', 'ㅅ'drops when it meets with ending beginning with vowel.
詞根以'ㅅ'結尾的一些動詞与以母音開頭的詞尾相結合時發音脫落(消失)的現象。

짓다 : 짓+어〉지어, 짓+으면〉지으면, 짓+어서〉지어서

   낫다, 붓다, 잇다, 긋다 등

〈참고〉 웃다, 벗다, 씻다 등은 모음과 만나도 'ㅅ'이 탈락되지 않는 규칙동사이다.
〈Reference〉 In verbs such as 웃다, 벗다, and 씻다, no dropping of 'ㅅ'occurs because they are regular verbs.
〈參考〉 웃다, 벗다, 씻다等動詞与母音結合時不發生'ㅅ'發音脫落, 屬于規則動詞。

   웃다 : 웃+어〉웃어, 웃+으면〉웃으면, 웃+어서〉웃어서

이번 차시는 1차시와 2차시에서 학습한 내용의 문제를 풀이하는 시간입니다. 이에 〈문법과 표현〉, 〈읽기〉, 〈듣기〉 그리고 〈쓰기〉 영역으로 나누어 학습할 것입니다.

This section is designed to solve questions about what you learn in the previous two sections. It consists of four parts: Grammar & Expressions, Reading, Listening and Writing.

這堂課要對第一, 二堂課的內容分〈語法与表現〉, 〈閱讀〉, 〈听力〉, 〈寫作〉四个部分進行練習。

[문법과 표현] Grammar and Expressions 語法与表現

1 〈보기〉에서 제시한 예를 참고하여 아래 문제의 ( )을 채우시오.
Referring to the example, fill in the blanks below. 仿照例句填空。

보기 영수는 집에 가다. → (1) 영수는 집에 가고 있다.
　　　　　　　　　　　 (2) 영수는 집에 가 있다.
---

❶ 영미가 서울에 오다. → (1) (　　　　　　　　　　)
　　　　　　　　　　 (2) (　　　　　　　　　　)

❷ 민호가 의자에 앉았다. → (1) (　　　　　　　　　　)
　　　　　　　　　　　　 (2) (　　　　　　　　　　)

보기   순이가 옷을 입고 있다. → (1) 순희가 옷을 입는 중이다
                              (2) 순희가 이미 옷을 입고 있는 상태이다.

❶ 선생님이 넥타이를 매고 있다. → (1) (   )
                                 (2) (   )

 [읽기] Reading 閱讀

다음 예문을 읽고 물음에 답하시오.

Read the passage and answer the questions. 閱讀例文回答問題。

(1) 이상호-조민정 커플의 가정 생활은 비교적 달콤한 분위기로 출발했다. 하지만
9살이라는 나이 차이 때문에 벌어지는 생각의 차이와, 다소 무뚝뚝한 성격의
남편 이상호와 다정다감함을 기대하는 아내 조민정의 성격 차이 때문에 끊임
없이 갈등이 벌어지고 있는 상황이다.

(2) 직장에서 인기있는 남성사원의 순위를 알아본 결과 아래와 같다.
   1위 : 친절하고 예의를 지키는 남성 20.0%
   2위 : 유머있고 사교성 있는 남성 19.1%
   3위 : 묵묵히 일하는 성실하고 책임감 있는 남성 17.4%
   4위 : 이해심, 배려심 많은 남성 9.6%
   5위 : 능력있고 적극적인 남성 7.0%
   기타 : 여성을 존중하고 위하는 남성(6.1%), 잘 도와주고 챙겨주는 남성(6.0%),
        옷, 외모가 깔끔한 남성(4.3%), 성격이 온화하고 편안한 남성(4.2%)

▌1 이상호-조민정의 커플의 갈등 요인은 무엇인가요?

2 직장에서 인기있는 남성사원에서 '성실한 남성'은 순위가 몇 위인가요?

3 다른 사람을 잘 도와주는 남성사원의 순위는?

 [듣기] Listening 听力

다음 내용을 듣고 물음에 답하시오.
Listen and answer the questions. 听對話回答問題。

> **MP3** 직장에서 인기있는 여성사원의 순위를 알아본 결과 아래와 같다.
> 　1위 : 활발하고 명랑한 성격의 여성 20.4%
> 　2위 : 친철하고 상냥한 여성 18.5%
> 　3위 : 예쁘고 세련된 외모의 여성 13.9%, 성격 좋고 착한 여성 13.9%
> 　4위 : 애교 있고 싹싹한 여성 10.2%
> 　5위 : 성실하게 일 잘하는 여성 9.3%
> 　기타 : 재치 있고 센스 있는 여성(8.3%), 다소곳한 여성(4.5%),
> 　　　　　말이 잘 통하는 여성(3.8%)

1 애교 있는 여성의 순위는?

2 성격이 좋은 여성의 순위는?

3 직장에서 인기있는 여성사원의 순위 중 1위는 무엇인지 쓰시오.

[쓰기] Writing 寫作

본인의 성격을 쓰세요.

Write about your personality. 請寫一下自己的性格。

04 정리하기
Summary 綜合

1. 동사상(동작상) verbal aspect 動詞相(動作相)

- 광수는 학교에 <u>오고 있다</u>.(진행상)
- 민수는 의자에 <u>앉아 있다</u>.(완료상)
- 배가 <u>떠나려고 한다</u>.(예정상)
- 철수는 이미 모자를 <u>쓰고 있다</u>.(완료상)
- 영수는 이제야 앉아서 운동화를 <u>신고 있다</u>.(진행상)

2. 'ㄷ'불규칙

- 듣다 : 듣+어〉들어, 듣+으면〉들으면, 듣+어서〉들어서
- 걷다 : 걷+어〉걸어, 걷+으면〉걸으면, 걷+어서〉걸어서

3. 'ㅅ'불규칙

- 짓다 : 짓+어〉지어, 짓+으면〉지으면, 짓+어서〉지어서
- 낫다 : 낫+아〉나아, 낫+으면〉나으면, 낫+아서〉나아서

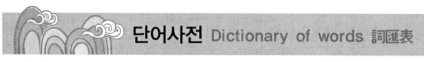

단어사전 Dictionary of words 詞彙表

단어	뜻풀이	단어	뜻풀이
성격 personality 性格	개인이 가지고 있는 고유의 품성	감정 emotion 感情	어떤 일에 대하여 느끼는 기분
소심하다 be timid 小心眼	대담하지 못하고 조심성이 지나치게 많다	짜증 irritation 心煩	마음에 맞지 않아 못마땅하여 화를 내는 것
기념일 anniversary 紀念日	축하하거나 기릴 만한 일이 있을 때를 기억하는 날	예민 acuteness 敏銳	무언가를 느끼는 것이 지나치게 날카롭고 빠르다
받아주다 accept 接受	다른 사람의 어리광 따위에 무조건 응하다	노력 endeavor 努力	목적을 이루기 위하여 애를 쓰고 힘을 들임
나아지다 get better 轉好	어떤 일이나 상태가 좋아지다	싸우다 fight 吵架, 打架	서로 이기려고 다투다
기분 feeling 心情, 情緒	마음에 절로 생기는 감정	백일 100 days 百日	아이가 태어난 날로부터 백번 째 되는 날
무심한 absent-minded 不關心, 不留意	남의 일에 걱정하거나 관심을 두지 않다	화가 나다 be angry 生气	불쾌하고 답답한 기운이 솟다
태연 composure 鎭靜, 沉着	태도나 기색이 아무렇지도 않은 듯이 예사로움	부부 husband and wife 夫妻	남편과 아내를 함께 이르는 말
비교적 comparatively 較爲	일정한 수준이나 보통 정도보다 꽤	달콤한 sweet 甛蜜的	① 감칠맛 있게 달다 ② 아기자기하거나 간드러진 느낌이 있다
차이 difference 差异	서로 같지 않고 다른 정도나 상태	남편 husband 丈夫	결혼하여 여자의 짝이 된 남자
아내 wife 妻子	결혼하여 남자의 짝이 된 여자	갈등 conflict 矛盾	서로 사이좋게 지내지 못하는 상태
다정다감 sentimentality 感情丰富	정이 많고 감정이 풍부하다	무뚝뚝함 bluntness 倔, 粗魯	상냥한 면이 없어 정답지가 않다
직장 workplace 工作單位 排名	사람들이 일정한 직업을 가지고 일하는 곳	인기있는 popular 有人气	사람들의 높은 관심이나 좋아하는 마음을 받는
남성사원 male-worker 男職員	직장의 남자 회사원	순위 ranking 排名	차례나 순서를 나타내는 위치나 지위
친절 kindness 親切	대하는 태도가 매우 공손하고 부드러움	예의 politeness 礼貌, 礼儀	존경의 뜻을 나타내기 위한 말투나 몸가짐

단어	뜻	단어	뜻
유머 humor 幽默	남을 웃기는 말과 행동	사교성 sociability 社交性	남과 사귀기를 좋아하거나 쉽게 사귀는 성질
성실 sincerity 誠實	정성스럽고 참되고 열심히 함	책임감 responsibility 責任心	맡아서 해야 할 의무를 중요하게 여기는 마음
이해심 understanding 包容心	남의 사정이나 형편을 잘 헤아려주는 마음	배려 consideration 照顧, 關怀	도와주거나 보살펴 주려고 마음을 씀
능력 ability 能力	일을 감당해 낼 수 있는 힘	적극적 active 積极	태도가 긍정적이고 능동적인 것
존중 respect 尊重	높이어 귀중하게 대함	외모 appearance 外貌	겉으로 드러나 보이는 모양
온화 mild 和气	조용하고 평화로움	편안한 convenient 舒服	걱정이 없어 좋은
여성사원 female-worker 女職員	직장의 여자 회사원	활발 briskness 活潑	생기있고 힘차며 시원스러움
명랑 brightness 明朗	유쾌하고 활발함	상냥 kindness 和藹	성질이 싹싹하고 부드럽다
세련 refinement 精致	모습이 말끔하고 깨끗하며 품위있음	싹싹한 docile 溫和	눈치가 빠르고 사근사근(상냥)하다
애교 charm 嬌气	남에게 귀엽게 보이는 태도	깨닫다 realize 領悟	느끼거나 알아차리다
재치 humor 机灵	눈치 빠른 재주, 또는 솜씨있는 말씨	짓다 make, build 做, 盖	① 밥, 옷, 집 등을 만들다 ② 글을 쓰다
묻다(질문) ask 提問	상대편에게 대답이나 설명을 요구하는 내용으로 말하다	잇다 put together, join 連接, 継承, 維持	끊어지지 않게 끝을 붙이다
낫다 become better 愈, 好, 胜	① 어떤 것 보다 좋거나 앞서다 ② 병이나 상처가 고쳐지다	긋다 draw, mark 打, 划	① 선이나 줄을 그리다 ② 비가 잠시 그치다
붓다 pour 倒	① 액체나 가루를 다른 곳에 담다 ② 살이 부풀어 오르다		

제11과

우체국과 은행
Post office and Bank, 郵局和銀行

01 들어가기
Introduction 導言

  오늘은 〈우체국과 은행〉이라는 주제로 수업을 진행할 것입니다. 따라서 우선, 우체국과 은행에 관련된 [Dialogue] (對話)와 어휘를 공부할 것이고, 다음으로 [Dialogue]에 나온 〈문법〉과 〈음운(발음)〉에 대해 공부할 것입니다. 그리고 마지막으로 각 영역별(문법과 표현, 읽기, 듣기, 쓰기 등)로 나누어 문제를 풀이함으로써 다양한 학습효과를 갖도록 할 것입니다.

  The topic of today's lecture is Post office and Bank. First, we will look at Dialogue and Vocabulary about Post office and Bank, and second, learn about grammar and pronunciation of words shown in Dialogue. Finally, we will learn more in the remaining sections of this unit such as 'Grammar & Expressions, Reading, Listening and Writing' mainly through working on various questions.

  今天的課堂主題是〈郵局和銀行〉。首先學習与'郵局和銀行'有關的對話和詞匯, 然后學習語法和音韻。最后通過對各个領域(語法与表現, 閱讀, 听力, 寫作等)的練習增强學習效果。

학습목표 Learning goals 學習內容

○ '우체국과 은행'에 대해 일상적으로 행해지는 구어와 문어 담화를 비교적 잘 수행할 수 있다.
Students will be able to handle both oral and written discourse of Post office and Bank occurring in everyday life in a relatively easy way.
比較熟練地掌握有關'郵局和銀行'的口頭和書面上的談話。

○ 읽기, 듣기 등 '우체국과 은행'에 필요한 기본적인 언어생활을 익힐 수 있다.
Students will be able to learn basic expressions of Post office and Bank through reading and listening. 通過閱讀和听力練習掌握有關'郵局和銀行'的基本語言生活。

○'우체국과 은행'에 관련된 주제에 관해 짧은 글을 쓸 수 있다.
Students will be able to write a short essay about Post office and Bank.
可以用有關'郵局和銀行'的主題寫短文。

○ 적절한 기능적 표현을 사용하여 일상생활에 필요한 문법적 표현을 활용할 수 있다.
Students will be able to use grammatical structures necessary for everyday life by employing appropriate functional expressions.
能够運用日常所需的語法形式。

학습내용 Contents of Learning 學習內容

○ [Dialogue] (對話)의 어휘 및 내용 파악하기
Knowing vocabulary and meaning in Dialogue. 掌握對話的詞匯和內容。

○ [Dialogue] (對話)를 통한 구문표현(문법, 음운) 이해하기
Understanding syntactic expressions of grammar and phonology in Dialogue
通過[對話]理解构文表現(語法, 音韻)。

○ 평가하기(문법과 표현, 읽기, 듣기, 쓰기)
Evaluation(Grammar & Expressions, Reading, Listening and Writing)
評价(語法与表現, 閱讀, 听力, 寫作)

○ 정리하기 Summary 小結

02 학습 내용
Contents of Learning 學習內容

이번 차시는 모두 2개 부분으로 구성하여 우선, 우체국과 은행에 관련된 [Dialogue] (對話)와 어휘를 공부할 것이고, 다음으로 [Dialogue] (對話)에 나온 〈문법〉과 〈음운(발음)〉에 대해 공부할 것입니다.

This section consists of two parts. The first part deals with Dialogue and Vocabulary of Post office and Bank. The second part involves grammar and pronunciation in Dialogue.

這堂課分爲兩部分, 首先學習有關'郵局和銀行'的對話和詞匯, 然后學習語法和音韻(發音)。

◆ 다음 [Dialogue] (對話)를 듣고 어떤 내용인지 말해봅시다.

Listen to the Dialogue and tell what it is about. 听對話說內容。

[Dialogue] 對話

> 직원 어떻게 오셨습니까?
>
> 손님 이 소포를 프랑스에 보내고 싶은데요.
>
> 직원 여기 저울에 올려 놓으세요. 안에 뭐가 들어 있습니까?
>
> 손님 선물인데 손수건과 옷이에요. 가장 빠른 우편으로 하고 싶은데요.
>
> 직원 음, 500g이니까 프랑스까지 3만원이며, 5일 정도 걸립니다.
>
> 손님 네? 그렇게 비싸요? 더 싼 우편은 없나요?
>
> 직원 배로 보내는 방법이 있는데 3kg에 12,000원이에요. 45일에서 2달 정도 걸리는데 도착 날짜를 알 수 없습니다. 그러면 이걸로 하시겠습니까?
>
> 손님 두 달이요? 값이 싸면 오래 걸리는군요. 그냥 항공우편으로 해 주세요.
>
> 직원 네, 항공우편이 빠르고 안전합니다. 여기 보내시는 분의 주소와 연락처

를 써 주시고, 3만원 주시면 됩니다.

손님 여기 있어요.

직원 영수증 받으세요. 이용해 주셔서 감사합니다. 안녕히 가십시오.

손님 고맙습니다.

[어휘] Vocabulary 詞匯

◆ 위에서 들은 [Dialogue] (對話)에 나온 어휘에 대해 함께 알아보겠습니다.
Let's take a look at vocabulary you hear in Dialogue.
一起學習〈對話〉中的詞匯。

〈대화〉 Conversation 對話

우체국 post office 郵局	그램 gram 克
은행 bank 銀行	킬로그램 kilogram 公斤
소포 parce 包裹l	도착 arrival 到達
저울 scale 秤	항공 air 航空
올려 놓다 put 放	연락처 contact address 通訊處
손수건 handkerchief 手帕	영수증 receipt 收据
우편 post 郵遞	

〈읽기〉 Reading 閱讀

지갑 purse 錢包	신청서 application form 申請書
신청 application 申請	입구 entrance 入口

창구 counter, window 窓口 분실신고 report of the loss 丟失申報 은행원 bank clerk 銀行職員 잃어버리다 lose 丟失	외국인등록증 alien registration card 外國人登記証 경험 experience 經驗

〈듣기〉 Listening 听力

전통옷 traditional clothes 傳統服裝 비용 cost 費用 배 ship 船	서두르다 hurry 匆忙, 赶快 닫다 close 關

◆ 앞의 [Dialogue] (對話)에서 나온 어려운 구문에 대해 다시 학습하도록 하겠습니다. Let's study grammatical structures shown in Dialogue. 學習[對話]中的文章結构.

〈구문 풀이〉 Structures 构文解析

> 선물인데 **손수건과** 옷이에요.
> 프랑스까지 3만원이<u>며</u>, 5일 정도 걸립니다
> 주소와 연락처를 써 **주시고**, 3만원 주시면 됩니다.
> 값이 **싸면** 오래 걸리는군요

이번 차시에는 앞의 [Dialogue] (對話)에서 나온 어려운 구문에 대한 〈문법〉과 〈음운(발음)〉에 대해 보다 자세하게 학습할 것입니다.

In the second part of this section, we will study various difficult grammatical structures and pronunciations introduced in Dialogue in some more detail.

這堂課要詳細學習第一堂課[對話]中有一定難度的語法和音韻(發音).

🔲 [문법] Grammar 語法

이어진 문장 Connected sentences 接續文

둘 이상의 문장이 연결어미에 의해 결합된 겹문장으로 대등하게 혹은 종속적으로 이어진 문장을 말한다. 앞에 오는 문장을 앞문장(앞절)이라 하고, 뒤에 오는 문장을 뒷문장(뒷절)이라고 한다.

Connected sentences refer to two sentences combined through coordinating connective ending or subordinating connective ending. The first sentence is called 앞문장(앞절)(front sentence/clause), and the second sentence 뒷문장(뒷절)(back sentence/clause).

兩个以上的文章通過連接語尾結合的夏合句, 前, 后句各稱前文和后文, 兩者屬于等同或從屬關系.

❶ 대등하게 이어진 문장

Sentences combined through coordinating connective endings 幷列接續文

대등적 연결어미 '-고, -(으)며, -(으)나, -지만, -다만, -거나, (느)ㄴ데' 등 연결어미에 의해 연결된 이어진 문장.

These sentences are combined through coordinating connective endings such as '-고, -(으)며, -(으)나, -지만, -다만, -거나, (느)ㄴ데'.

由表示幷列(等同)關系的'-고, -(으)며, -(으)나, -지만, -다만, -거나, (느)ㄴ데' 等連接詞尾接續的句子

꽃이 <u>피고</u>, 새가 운다 (나열)
뿌리가 깊은 나무는 바람에 흔들리지 <u>않으며</u>, 샘이 깊은 물은 가뭄에도 마르지 아니한다.

❷ 종속적으로 이어진 문장

Sentences combined through subordinating connective endings 從屬接續文

종속적 연결어미 '-(아)서, -면, -(으)므로, -자, -니까, -는데, -도록' 등에 의해 연결된 이어진 문장.

These sentences are combined through subordinating connective endings such as '-(아)서, -면, -(으)므로, -자, -니까, -는데, -도록'.

由表示從屬關系的'-(아)서, -면, -(으)므로, -자, -니까, -는데, -도록' 等連接詞尾接續的句子

봄이 <u>오면</u> 꽃이 핀다.

비가 <u>와서</u> 길이 질다.

우리는 <u>학생이므로</u> 열심히 공부해야 한다.

❸ 문장의 이어짐 Connection of sentences 句子的連接

두 개 이상의 홑문장이 접속조사 '와/과'에 의해 겹문장으로 이어진다. 이어진 문장은 주어나 목적어 등의 성분이 생략되므로 서술어를 중심으로 연결관계를 파악해야 한다.

More than two single sentences are connected through connecting postpositional words like '와/과'. Connected sentences have no subject or object in them, so they should be understood with a focus on predicates.

兩个以上的單句由接續助詞'와/과'形成夏句。因接續文章的主語或狀語被省略故主要根据謂語來掌握連接關系.

서울과 부산은 인구가 많다 = 서울은 인구가 많다 + 부산은 인구가 많다

철수는 영어와 독일어를 할 줄 안다 = 철수는 영어를 할 줄 안다 + 철수는 독일어를 할 줄 안다

철수와 영희는 서울과 인천에 산다 = 철수는 서울에 산다 + 영희는 인천에 산다

2 [음운(발음)] Phoneme 音韻(讀音規則)

❶ '르' 불규칙 '르' Irregular verbs '르' 不規則

'르'불규칙은 어간만의 변화로 본다. 즉, '흐르다'를 설명할 때, '흐르-'는 자음으로 시작되는 어미 앞에서 나타나고, '흘르-'은 모음 '-어/아'로 시작되는 어미 앞에서 나타난다.

In '르' Irregular verbs, there is a change only in root. That is, in '흐르다', '흐르-' appears in front of endings beginning with consonants, and '흘르-' appears in front of endings beginning with vowels like '-어/아'.

'르'的不規則僅看詞干的變化。卽解釋'흐르다'時'흐르-'出現在以子音開頭的詞尾之前, '흘르-'出現在以母音'-어/아'開頭的詞尾之前

흐르+어(아) → 흐르+ 르+ 어(아) → 흘러

이와 같은 용언으로는 '빠르다, 누르다, 오르다, 이르다(말하다)'등을 들 수 있다.

❷ 'ㅎ' 불규칙 'ㅎ' Irregular verbs 'ㅎ' 不規則

'ㅎ'불규칙 용언은 어간과 어미가 함께 바뀌는 용언이다. 즉, '파랗-'이 '파란, 파래'가 되는 것이다. In 'ㅎ' Irregular verbs, there are changes in both root and ending. That is, 파랗-' becomes '파란, 파래'.

'ㅎ'不規則用言是詞干和詞尾皆變化的用言。卽'파랗-'變爲' 파란, 파래'。

파랗 + ㄴ → 파란(어간의 'ㅎ'이 탈락됨)
파랗 + 아 → 파래(어간 '앟'이 탈락되고, 어미 '아'가 '애'로 바뀜)
노랗 + (아)지다 → 노래지다
하얗 + 아서 → 하얘서

이번 차시는 1차시와 2차시에서 학습한 내용의 문제를 풀이하는 시간입니다. 이에 〈문법과 표현〉, 〈읽기〉, 〈듣기〉 그리고 〈쓰기〉 영역으로 나누어 학습할 것입니다.

이번 차시는 1차시와 2차시에서 학습한 내용의 문제를 풀이하는 시간입니다. 이에 〈문법과 표현〉, 〈읽기〉, 〈듣기〉 그리고 〈쓰기〉 영역으로 나누어 학습할 것입니다.

This section is designed to solve questions about what you learn in the previous two sections. It consists of four parts: Grammar & Expressions, Reading, Listening and Writing.

這堂課要對第一, 二堂課的內容分〈語法与表現〉, 〈閱讀〉, 〈听力〉, 〈寫作〉四个部分進行練習。

[문법과 표현] Grammar and Expressions 語法与表現

1 〈보기〉에서 제시한 예를 참고하여 아래 문제의 (   )을 채우시오.
Referring to the example, fill in the blanks below. 按照例句填空.

> **보기** 영수는 집에 갔다. 철수는 도서관에 갔다.
> → 영수는 집에 갔고, 철수는 도서관에 갔다.

영수가 서울에 왔다. 민수는 인천에 왔다. → (   )

> **보기** 겨울이 오다. 날씨가 춥다. → 겨울이 와서 날씨가 춥다.

❶ 눈이 왔다. 길이 미끄럽다. → (   )

❷ 민호는 열심히 공부했다. 민호는 어려운 시험에 합격하였다.

　→ (   )

보기　영미는 수학을 좋아한다. 순희는 수학을 좋아한다.

　　　→ 영미와 순희는 수학을 좋아한다.

---

❶ 철희가 옷을 입었다. 손미가 옷을 입었다.

　→ (   )

❷ 기호는 수학을 잘 한다. 기호는 영어를 잘 한다.

　→ (   )

 [읽기] Reading 閱讀

다음 예문을 읽고 물음에 답하시오.

Read the passage and answer the questions. 閱讀例文回答問題。

　벌써 한국에 온 지 6개월이 지났습니다. 시간이 너무나 빨랐습니다. 지난 금요일에 지갑을 잃어버려서 오늘은 지인 씨와 은행에 카드를 만들러 갔습니다. 은행은 점심시간이라 사람이 많았고 모두 바빠 보였습니다. 은행 입구에 계신 아저씨께 "카드를 만들려면 어디로 가야 돼요?"라고 물어 보았습니다. "카드 신청은 5번 창구로 가시면 됩니다." 아저씨께서 말씀하셨습니다.

　한국의 은행은 월요일부터 금요일까지 근무합니다. 오전 9시부터 오후 4시까지입니다. 한국에서 처음 은행에 갈 때 저는 저녁을 먹고 갔는데, 은행이 문을 닫았습니다. 우리나라에서는 은행이 저녁에도 열고 주말에도 열기 때문에 깜짝 놀랐습니다. 은행원은 우리에게 "은행카드를 잃어버리면 가장 먼저 분실신고를 하도록 하세요"라고 하셨습니다. 잃어버린 카드를 주운 사람이 사용할 수 있기 때문입니다.

카드 신청서에는 주소와 전화번호, 외국인등록증 번호를 씁니다. 한국어를 잘 몰라서 은행원이 많이 도와주었습니다. 은행에서는 어려운 한국말을 많이 하지만 재미있는 경험이었습니다.

1 은행카드를 잃어버리면 왜 분실신고를 먼저 해야 하나요?

2 카드 신청서에 적어야 할 것이 무엇인가요?

3 '르'불규칙을 나타내는 단어를 찾아 쓰세요.

[듣기] Listening 听力

다음 내용을 듣고 물음에 답하시오.
Listen and answer the questions. 听對話回答問題。

소포를 인도에 보내려고 우체국에 갔다. 직원은 소포를 저울에 올려 놓으라고 했다. 그리고 안에 뭐가 들어 있는지를 물었다. "친구에게 선물로 보낼 한국 전통 옷과 편지가 들어 있습니다."라고 대답하였다. 항공편은 빠른데 소포 보내는 비용이 좀 비싸다고 했다. 배로 보내는 방법도 있지만, 시간이 너무 오래 걸린다고 했다. 친구에게 가급적 선물을 빨리 전하도록 항공편을 이용하기로 했다. 우체국 문을 닫아야 할 시간이므로 서둘러 일을 처리하였다.

1 어느 나라 누구에게 보낼 소포인가요?

2 소포의 내용물은 무엇인가요?

3 왜 항공편을 이용했나요?

[쓰기] Writing 寫作

한국의 우체국이나 은행에 가서 느낀 점을 쓰세요.

Write about anything that you feel or think thought about when you visit a post office or a bank in Korea. 請寫一下韓國的郵局或銀行的感受.

04 정리하기
Summary 綜合

1. 이어진 문장

(1) 대등하게 이어진 문장
- 꽃이 <u>피고</u>, 새가 운다.
- 뿌리가 깊은 나무는 바람에 흔들리지 <u>않으며</u>, 샘이 깊은 물은 가뭄에도 마르지 아니한다.

(2) 종속적으로 이어진 문장
- 봄이 <u>오면</u> 꽃이 핀다.
- 비가 <u>와서</u> 길이 질다.
- 우리는 <u>학생이므로</u> 열심히 공부해야 한다.

(3) 문장의 이어짐
- 서울과 부산은 인구가 많다 = 서울은 인구가 많다 + 부산은 인구가 많다
- 철수는 영어와 독일어를 할 줄 안다 = 철수는 영어를 할 줄 안다 + 철수는 독일어를 할 줄 안다
- 철수와 영희는 서울과 인천에 산다 = 철수는 서울에 산다 + 영희는 인천에 산다

2. '르' 불규칙, 'ㅎ' 불규칙

- 흐르+어〉흐르+ㄹ+어〉흘러
- 빠르+아〉빠르+ㄹ+아〉빨라
- 오르+아〉오르+ㄹ+아〉올라

- 파랗 + ㄴ→파란(어간의'ㅎ'이 탈락됨)
- 파랗 + 아→파래(어간'ㅎ'이 탈락되고, 어미'아'가'애'로 바뀜)
- 노랗 + (아)지다→노래지다
- 하얗 + 아서→하얘서

단어사전 Dictionary of words 詞匯表

우체국 post office 郵局	우편, 소포 등을 취급하는 기관	은행 bank 銀行	돈을 맡기고 찾는 금융 기관
소포 parcel 包裹	조그맣게 포장한 물건	저울 scale 秤	무게를 측정하는데 쓰이는 기구
올려 놓다 put 放	탁자나 선반 등에 물건을 놓음	손수건 handkerchief 手帕	몸에 가지고 다니는 작은 물건
우편 post 郵遞	편지나 기타 물품을 송달하는 업무	그램 gram 克	미터법에 의한 질량의 기본 단위
킬로그램 kilogram 公斤	미터법에 의한 질량의 단위	도착 arrival 到達	목적한 곳에 다다름
항공 airport 航空	항공기로 공중을 비행함	연락처 contact address 通訊處	연락을 하기 위해 정해 둔 곳
영수증 receipt 收据	영수한 증서	지갑 purse 錢包	가죽이나 헝겊으로 쌈지처럼 조그맣게 만든 물건
신청 application 申請	어떤 일이나 물건을 알리어 청구함	창구 counter, window 窗口	창을 뚫어 놓은 곳
분실신고 report of the loss 丟失申報	잃어버린 물건을 찾아달라고 일정한 공공 기관에 알림	은행원 bank clerk 銀行職員	은행에 근무하는 직원
잃어버리다 lose 丟失	어떤 물건을 잃어버리는 것	신청서 application form 申請書	신청한 서류
외국인등록증 alien registration card 外國人登記証	외국인임을 등록한 증서	경험 experience 經驗	몸소 겪고 치러 봄
입구 entrance 入口	들어가는 문	전통옷 traditional clothes 傳統服裝	전통적으로 전해져 온 옷
비용 cost 費用	물건을 사거나 어떤 일을 하는데 드는 돈	배 ship 船	사람이나 물건을 싣고 물 위에 떠다니는 물건
서두르다 hurry 匆忙, 赶快	일을 급히 해치우려고 바삐 움직이다	닫다 close 關	열려 있는 것을 도로 제자리에 가게 하다
뿌리 root 根	식물의 밑동으로 땅 속에 묻힌 부분	바람 wind 風	공기의 움직임

샘 calculation 泉	물이 땅에서 올라오는 곳	**빠르다** be quick 快	어떤 동작에 걸린 시간이 짧다
흐르다 flow 流	물이 낮은 곳으로 내려가다	**이르다(말하다)** tell 告訴	입으로 말하다
오르다 go up 上升	아래에서 위로 옮다	**파랗다** be blue 綠, 藍	새뜻하고 곱게 푸르다
하얗다 be white 白	매우 희다	**노랗다** be yellow 黃	산뜻하게 매우 노르다

메모하세요

제12과

병원과 약국
Hospital and Drugstore, 医院和藥局

01 들어가기
Introduction 導言

　　오늘은 〈병원과 약국〉이라는 주제로 수업을 진행할 것입니다. 따라서 우선, 병원과 약국에 관련된 [Dialogue] (對話)와 어휘를 공부할 것이고, 다음으로 [Dialogue]에 나온 〈문법〉과 〈음운(발음)〉에 대해 공부할 것입니다. 그리고 마지막으로 각 영역별(문법과 표현, 읽기, 듣기, 쓰기 등)로 나누어 문제를 풀이함으로써 다양한 학습효과를 갖도록 할 것입니다.

　　The topic of today's lecture is Hospital and Drugstore. First, we will look at Dialogue and Vocabulary about Hospital and Drugstore, and second, learn about grammar and pronunciation of words shown in Dialogue. Finally, we will learn more in the remaining sections of this unit such as 'Grammar & Expressions, Reading, Listening and Writing' mainly through working on various questions.

　　〈医院和藥局〉。首先學習与'医院和藥局'有關的對話和詞匯, 然后學習語法和音韻。最后通過對各个領域(語法与表現, 閱讀, 听力, 寫作等)的練習增强學習效果。

학습목표 Learning goals 學習內容

○ '병원과 약국'에 대해 일상적으로 행해지는 구어와 문어 담화를 비교적 잘 수행할 수 있다.
Students will be able to handle both oral and written discourse of Hospital and Drugstore occurring in everyday life in a relatively easy way.
比較熟練地掌握有關'医院和藥局'的口頭和書面上的談話。

○ 읽기, 듣기 등 '병원과 약국'에 필요한 기본적인 언어생활을 익힐 수 있다.
Students will be able to learn basic expressions of Hospital and Drugstore through reading and listening.
通過閱讀和听力練習掌握有關'医院和藥局'的基本語言生活。

○ '병원과 약국'에 관련된 주제에 관해 짧은 글을 쓸 수 있다.
Students will be able to write a short essay about Hospital and Drugstore.
可以用有關'医院和藥局'的主題寫短文。

○ 적절한 기능적 표현을 사용하여 일상생활에 필요한 문법적 표현을 활용할 수 있다.
Students will be able to use grammatical structures necessary for everyday life by employing appropriate functional expressions.
能够運用日常所需的語法形式。

학습내용 Contents of Learning 學習內容

○ [Dialogue] (對話)의 어휘 및 내용 파악하기
Knowing vocabulary and meaning in Dialogue. 掌握[對話]的詞匯和內容。

○ [Dialogue] (對話)를 통한 구문표현(문법, 음운) 이해하기
Understanding syntactic expressions of grammar and phonology in Dialogue.
通過[對話]理解构文表現(語法, 音韻)。

○ 평가하기(문법과 표현, 읽기, 듣기, 쓰기)
Evaluation(Grammar & Expressions, Reading, Listening and Writing)
評价(語法与表現, 閱讀, 听力, 寫作)

○ 정리하기 Summary 小結

02 학습 내용
Contents of Learning 學習內容

이번 차시는 모두 2개 부분으로 구성하여 우선, 성격과 감정에 관련된 [Dialogue] (對話)와 어휘를 공부할 것이고, 다음으로 [Dialogue] (對話)에 나온 〈문법〉과 〈음운(발음)〉에 대해 공부할 것입니다.

This section consists of two parts. The first part deals with Dialogue and Vocabulary of Hospital and Drugstore. The second part involves grammar and pronunciation in Dialogue.

這堂課分爲兩部分, 首先學習有關'医院和藥局'的對話和詞匯, 然后學習語法和音韻(發音).

◆ 다음 [Dialogue] (對話)를 듣고 어떤 내용인지 말해봅시다.

Listen to the Dialogue and tell what it is about. 听對話說內容。

[Dialogue] 對話

〈전화 벨소리〉...

병원   인하병원입니다.

박지혜   안녕하세요. 인하병원이지요? 예약을 좀 하려고요.

병원   아, 그러세요? 이름을 말씀 해 주시겠어요?

박지혜   제 이름은 '박지혜'입니다.

병원   네, 어디가 아프세요?

박지혜   감기에 걸린 것 같아요. 기침이 나고 열도 좀 있어요.
        특히, 밤에 기침이 심했어요.

병원   요즘 같은 날씨에는 감기에 쉽게 걸리게 돼요.

그래서 환절기에는 특히 조심하셔야 해요.

박지혜 맞아요. 저는 환절기에 꼭 감기에 걸리곤 했어요.

그런데, 병원에 몇 시에 가면 되지요?

병원 오늘 오후 2시 괜찮으세요?

박지혜 저, 오후 3시에 가고 싶은데 괜찮은가요?

병원 네, 좋아요. 그럼 오후 3시로 예약해 드리겠습니다.

혹시 늦으신다면 미리 연락 하셔야 해요.

박지혜 네, 알겠습니다. 수고하세요.

[어휘] Vocabulary 詞匯

◆ 위에서 들은 [Dialogue] (對話)에 나온 어휘에 대해 함께 알아보겠습니다.

Let's take a look at vocabulary you hear in Dialogue.

一起學習〈對話〉中的詞匯。

〈대화〉 Conversation 對話

병원 hospital 医院	환절기 period of a change of seasons 換季
약국 drugstore 藥局, 藥房	걸리다 get caught 患
예약 reservation 預約	조심 caution 当心
아프다 get hurt 不舒服	늦다 be late 晩
감기 a cold 感冒	미리 in advance 預先
기침 cough 咳嗽	수고하다 take pains 辛苦

〈읽기〉 Reading 閱讀

진료 medical examination 診療	두통약 medicine for headache
처방전 prescription 處方	鎭痛劑(頭痛藥)
환자 patient 患者	소화제 digestive medicine 消化劑
의사 doctor 医生	적다 make(take) a note 記录
주의사항 instructions for attention	필요한 necessary 必要的
注意事項	눈 eye 眼
	발 foot 脚

〈듣기〉 Listening 听力

밤 night 夜晚	배(가) 아프다 have a stomachache 腹痛
밤새도록 all night 整夜	말 speech 話

◆ 앞의 [Dialogue] (對話)에서 나온 어려운 구문에 대해 다시 학습하도록 하겠습니다. Let's study grammatical structures shown in Dialogue. 學習[對話]中的文章結构.

〈구문 풀이〉 Structures 构文解析

> 감기에 쉽게 **걸리게 돼**(되+어)요.
> 감기에 **걸리곤 했어요.**
> 오후 3시에 **가고 싶은데**
> 오후 2시로 **예약해 드리겠습니다.**
> **밤에** 기침이 심했어요.

이번 차시에는 앞의 [Dialogue] (對話)에서 나온 어려운 구문에 대한 〈문법〉과 〈음운 (발음)〉에 대해 보다 자세하게 학습할 것입니다.

In the second part of this section, we will study various difficult grammatical structures and pronunciations introduced in Dialogue in some more detail.

這堂課要詳細學習前面[對話]中有一定難度的語法和音韻(發音).

1 [문법] Grammar 語法

보조용언 : 문장에서 의미의 중심이 되는 용언으로서 스스로 자립하여 실질적인 의미를 나타내는 용언을 본용언이라 하고, 단독으로 쓰일 수 없고 반드시 다른 용언의 뒤에 붙어서 그 의미를 더하여 주는 용언을 보조용언이라 한다. 보조용언에는 동사처럼 활용하는 보조동사와 형용사처럼 활용하는 보조형용사가 있다.

Helping verbs: Helping verbs should be attached to other verbs to add meaning while main verbs can stand alone, and show the major meaning of a given sentence. Helping verbs can be categorized into two types such as helping verbs working just like verbs and helping adjectives functioning like adjectives.

輔助用言 : 在句子中作爲中心用言可以獨自表示實際意義的稱原用言, 而不能單獨使用必須接續于其他用言之后表示意義的用言稱輔助用言. 輔助用言根据運用形式分爲輔助動詞和輔助形容詞.

❶ 보조동사 Helping verb 補助動詞

　① 부정 negation 否定 : (-지) 아니하다, 말다, 못하다

　② 사동 causation 使動 : (-게) 하다, 만들다

　③ 피동 passivity 被動 : (-어) 지다, 되다

　④ 진행 progression 進行 : (-어) 가다, 오다, (-고) 있다

　⑤ 종결 end 終結 : (-어) 나다, 내다, 버리다

　⑥ 봉사 service 侍奉 : (-어) 주다, 드리다

　⑦ 시행 execution 試行 : (-어) 보다

　⑧ 강세 stress 强勢 : (-어) 대다

⑨ 보유 possession 保有 : (-어) 두다, 놓다

⑩ 예정 schedule 預定 : (-게) 되다 =-기 마련이다

⑪ 습관 habit 習慣 : (-곤) 하다

❷ 보조형용사 Helping adjective 補助形容詞

① 희망 hope 希望 : (-고) 싶다

② 부정 negation 否定 : (-지) 아니하다, 못하다

③ 추측 guess 推測 : (-는가, -나) 보다

④ 상태 state, condition 狀態 : (-어) 있다

〈참고〉 Reference 參考

보조동사와 형용사는 본용언의 품사에 따라 결정된다. '가지 못하다'(동사), '곱지 못하다'(형용사). 선어말어미 '-는-/-ㄴ-'이 붙을 수 있으면 보조동사이고, 그렇지 못하면 보조형용사다.

Helping verbs and adjectives are determined according to a part of speech in a main declinable word(verb or adjective).'가지 못하다'(verb), '곱지 못하다'(adjective). Helping verb can take a word-final suffix '-는-/-ㄴ-', but helping adjective cannot.

補助動詞和補助形容詞由本用言的詞類來決定.'가지 못하다'(動詞), '곱지 못하다'(形容詞). 能連接先語末詞尾'-는-/-ㄴ-'是補助動詞, 否則是補助形容詞.

② [음운(발음)] Phoneme 音韻(讀音規則)

소리의 길이 : 국어에서 같은 모음을 특별히 길게 소리냄으로써 단어의 뜻을 분별하는 기능을 갖는 경우가 많다. 이처럼 소리의 길이는 뜻을 구별하여 준다는 점에서 자음이나 모음과 같은 기능을 갖는다.

소리의 길이에 따라 뜻이 분별되는 말은 다음과 같다.

Length of sound: In the Korean language, length of vowel can result in meaning difference between words. In this sense, length of sound serves the same function as vowels and consonants. Many words as follows can be distinguished in meaning according to vowel length.

音長：韓國語中對同一个母音通過長的發音來區分單詞意義的情況甚多，就區分詞義的觀点上音長具有与子音和母音相同的技能.

据音長區分意義的單詞如下.

눈:[雪] - 눈[目]　　　　밤:[栗] - 밤[夜]

발:[籬] - 발[足]　　　　장:[將, 醬] - 장[場]

벌:[蜂] - 벌[罰]　　　　손:[損] - 손[手]

배:[倍] - 배[梨, 舟]　　　말:[言] - 말[馬]

돌:[石] - 돌(생일)　　　굴:[窟] - 굴(굴조개)

고:적(古蹟) - 고적(孤寂)　　광:주(廣州) - 광주(光州)

부:자(富者) - 부자(父子)　　방:화(放火) - 방화(防火)

유:명(有名) - 유명(幽明)　　적:다(小量) - 적다(記錄)

갈:다(耕) - 갈다(代)　　곱:다(麗) - 곱다(손이)

가:정(假定) - 가정(家庭)　　무:력(武力) - 무력(無力)

걷:다(步) - 걷다(收)　　영:리(怜悧) - 영리(營利)

대:전(大戰) - 대전(大田)　　이:사(理事) - 이사(移徙)

사:실(事實) - 사실(寫實)　　묻:다(問) - 묻다(埋)

말:다(勿) - 말다(卷)　　잇:다(續) - 있다(有)

성:인(聖人) - 성인(成人)

이번 차시는 1차시와 2차시에서 학습한 내용의 문제를 풀이하는 시간입니다. 이에 〈문법과 표현〉, 〈읽기〉, 〈듣기〉 그리고 〈쓰기〉 영역으로 나누어 학습할 것입니다.

이번 차시는 1차시와 2차시에서 학습한 내용의 문제를 풀이하는 시간입니다. 이에 〈문법과 표현〉, 〈읽기〉, 〈듣기〉 그리고 〈쓰기〉 영역으로 나누어 학습할 것입니다.

This section is designed to solve questions about what you learn in the previous two sections. It consists of four parts: Grammar & Expressions, Reading, Listening and Writing.

這堂課要對第一, 二堂課的內容分〈語法与表現〉, 〈閱讀〉, 〈听力〉, 〈寫作〉四个部分進行練習.

[문법과 표현] Grammar and Expressions 語法与表現

1 〈보기〉에서 제시한 예를 참고하여 아래 문제의 ( )을 채우시오.

Referring to the example, fill in the blanks below. 按照例句填空.

> 보기 배가 떠나다 → 배가 떠나게 되다 / 배가 떠나곤 하다

❶ 시험을 본다 → (   ) / (   )

❷ 산에 갔다   → (   ) / (   )

보기   바다를 보다 → 바다를 보고 싶다

❶ 고기를 먹다   → (   )

❷ 제주도에 갔다 → (   )

 [읽기] Reading 閱讀

다음 예문을 읽고 물음에 답하시오.

Read the passage and answer the questions. 閱讀例文回答問題。

한국의 병원에서는 약을 주지 않는다. 병원은 진료만 하는 곳이고 약은 약국에서만 살 수 있다. 사람들이 아파서 병원에 가면 진료 후에 보통 '처방전'을 받게 된다. 처방전은 환자의 상태를 의사가 보고 그에 알맞은 약과 주의사항 등을 적어 놓은 것이다. 환자들이 이 처방전을 들고 약국으로 가면 약사들이 처방전을 보고 약을 만들어 준다. 따라서 한국에서 약국을 이용할 때는 병원에서 주는 처방전이 필요하다. 하지만 두통약이나 소화제 또는 이미 만들어진 감기약 등 간단한 약들은 처방전이 없어도 약국에 가서 자신의 증상을 잘 말하면 약을 살 수 있다. 그러나 눈이나 발 등 신체부위의증상이 나타나면 우선 병원을 가는 것이 좋다.

1 한국의 병원과 약국에서 하는 일은 무엇인가요?

2 처방전 없이 약국에서 살 수 있는 약은 무엇인가요?

3 다음 밑줄 친 단어 중에서 길게 발음하는 것은?

❶ 계속해서 <u>말하다</u>   **❷** 눈이 아프다

❸ <u>발</u>이 따뜻하다   **❹** 약을 <u>사다</u>

 [듣기] Listening 听力

다음 내용을 듣고 물음에 답하시오.

Listen and answer the questions. 听對話回答問題。

MP3	A	사랑병원이지요?
	병원	네. 사랑병원입니다. 무엇을 도와드릴까요?
	A	어제 밤에 밤새도록 배가 아팠어요. 그래서 예약을 좀 하려고 합니다.
	병원	아, 그러세요? 몇 시에 예약을 해 드릴까요?
	A	지금 바로 가고 싶어요.
	병원	음, 잠깐만 기다리세요. 가장 빠른 시간 예약이 오전 10시 30분이에요.
	A	그럼 그 시간으로 해 주세요.
	병원	알았습니다. 오실 때 의료보험증 갖고 오세요.
	A	네, 수고하세요.
	병원	감사합니다.

1 A는 어디가 아파서 병원에 가려고 하나요?

2 몇 시에 예약을 했나요?

3 병원에서 당부한 것은 무엇인가요?

[쓰기] Writing 寫作

한국의 병원이나 약국에 간 경험을 쓰세요.

Write about your experiences you have had in hospitals or drugstores in Korea.

寫一下在韓國的医院或藥局的經驗.

04 정리하기
Summary 綜合

1. 보조용언

(1) 보조동사

① 부정: (-지) 아니하다, 말다, 못하다

② 사동: (-게) 하다, 만들다

③ 피동: (-어) 지다, 되다

④ 진행: (-어) 가다, 오다, (-고) 있다

⑤ 종결: (-어) 나다, 내다, 버리다

⑥ 봉사: (-어) 주다, 드리다

⑦ 시행: (-어) 보다

⑧ 강세: (-어) 대다

⑨ 보유: (-어) 두다, 놓다

⑩ 예정: (-게) 되다 =-기 마련이다

⑪ 습관: (-곤) 하다

(2) 보조형용사

① 희망: (-고) 싶다

② 부정: (-지) 아니하다, 못하다

③ 추측: (-는가, -나) 보다

④ 상태: (-어) 있다

2. 소리의 길이

눈:[雪] - 눈[目], 밤:[栗] - 밤[夜]

발:[簾] - 발[足], 장:[將, 醬] - 장[場]

벌:[蜂] - 벌[罰], 손:[損] - 손[手]

배:[倍] - 배[梨, 舟], 말: [言] - 말[馬]

돌:[石] - 돌(생일), 굴:[窟] - 굴(굴조개)

병원 hospital 医院	질병을 진찰하거나 치료하는 곳	약국 drugstore 藥局, 藥房	약사가 양약을 조제하거나 파는 곳
예약 reservation 預約	미리 약속함	아프다 get hurt 不舒服	괴로운 느낌이 있다
감기 a cold 感冒	바이러스로 말미암아 걸리는 호흡기 계통의 병	조심 caution 씀心	잘못이나 실수가 없도록 말이나 행동에 마음을 씀
환절기 period of a change of seasons 換季	계절이 바뀌는 시기	미리 in advance 預先	어떤 일이 생기기 전에
걸리다 get caught 患	바이러스에 감염되다	수고하다 take pains 辛苦	일을 하느라고 힘을 들이고 애를 쓰다
늦다 be late 晩	때가 지나 뒤져 있다	처방전 prescription 處方	처방의 내용을 적은 종이
진료 medical examination 診療	진찰과 치료	의사 doctor 医生	면허를 얻어 수술과 약으로 병을 진찰, 진료하는 사람
환자 patient 患者	병을 앓는 사람	두통약 medicine for headache 鎭痛劑(頭痛藥)	머리가 아픈데 먹는 약
주의사항 instructions for attention 注意事項	마음에 새기어 조심하는 사항	적다 make(take) a note 記錄	어떤 내용을 글로 쓰다
소화제 digestive 消化劑	소화를 촉진하는 약제	밤 night 夜晩	해가 진 뒤부터 먼동이 트기 전까지의 동안
필요한 necessary 必要的	꼭 요구되는 바가 있는	밤새도록 all night 整夜	밤이 지나 날이 밝도록
배아프다 have a stomachache 腹痛	배에 통증이 있다	눈 eye 眼	볼 수 있는 시각의 감각 기관 / 수증기가 찬 기운을 만나 얼어서 땅 위로 떨어지는 얼음의 결정
말 speech 話	사람의 생각이나 느낌을 표현하고 전달하는 음성 기호 / 말과에 속하는 짐승	발 foot 脚	동물의 다리의 맨 끝부분 / 가늘게 쪼개어 엮은 물건

메모하세요

제13과

학교 생활
School life, 學校生活

01 | 들어가기
Introduction 導言

오늘은 〈학교 생활〉이라는 주제로 수업을 진행할 것입니다. 따라서 우선, 학교 생활에 관련된 [Dialogue] (對話)와 어휘를 공부할 것이고, 다음으로 [Dialogue]에 나온 〈문법〉과 〈음운(발음)〉에 대해 공부할 것입니다. 그리고 마지막으로 각 영역별(문법과 표현, 읽기, 듣기, 쓰기 등)로 나누어 문제를 풀이함으로써 다양한 학습효과를 갖도록 할 것입니다.

The topic of today's lecture is School life. First, we will look at Dialogue and Vocabulary about School life, and second, learn about grammar and pronunciation of words shown in Dialogue. Finally, we will learn more in the remaining sections of this unit such as 'Grammar & Expressions, Reading, Listening and Writing' mainly through working on various questions.

今天的課堂主題是〈學校生活〉。首先學習与〈學校生活〉有關的對話和詞匯，然后學習語法和音韻。最后通過對各个領域(語法与表現，閱讀，听力，寫作等)的練習增强學習效果。

학습목표 Learning goals 學習內容

○ '학교 생활'에 대해 일상적으로 행해지는 구어와 문어 담화를 비교적 잘 수행할 수 있다.
Students will be able to handle both oral and written discourse of School life occurring in everyday life in a relatively easy way.
比較熟練地掌握有關〈學校生活〉的口頭和書面上的談話.

○ 읽기, 듣기 등 '학교 생활'에 필요한 기본적인 언어생활을 익힐 수 있다.
Students will be able to learn basic expressions of School life through reading and listening.
通過閱讀和听力練習掌握有關〈學校生活〉的基本語言生活.

○ '학교 생활'에 관련된 주제에 관해 짧은 글을 쓸 수 있다.
Students will be able to write a short essay about School life.
可以用有關〈學校生活〉的主題寫短文.

○ 적절한 기능적 표현을 사용하여 일상생활에 필요한 문법적 표현을 활용할 수 있다.
Students will be able to use grammatical structures necessary for everyday life by employing appropriate functional expressions.
能够運用日常所需的語法形式.

학습내용 Contents of Learning 學習內容

○ [Dialogue] (對話)의 어휘 및 내용 파악하기
Knowing vocabulary and meaning in Dialogue. 掌握[對話的詞匯和內容

○ [Dialogue] (對話)를 통한 구문표현(문법, 음운) 이해하기
Understanding syntactic expressions of grammar and phonology in Dialogue.
通過[對話]理解构文表現(語法, 音韻).

○ 평가하기(문법과 표현, 읽기, 듣기, 쓰기)
Evaluation(Grammar & Expressions, Reading, Listening and Writing)
評价(語法与表現, 閱讀, 听力, 寫作)

○ 정리하기 Summary 小結

02 학습 내용
Contents of Learning 學習內容

이번 차시는 모두 2개 부분으로 구성하여 우선, 학교 생활에 관련된 [Dialogue] (對話)와 어휘를 공부할 것이고, 다음으로 [Dialogue] (對話)에 나온 〈문법〉과 〈음운(발음)〉에 대해 공부할 것입니다.

This section consists of two parts. The first part deals with Dialogue and Vocabulary of School life. The second part involves grammar and pronunciation in Dialogue. 這堂課分爲兩部分, 首先學習有關〈學校生活〉的對話和詞匯, 然后學習語法和音韻(發音).

◆ 다음 [Dialogue] (對話)를 듣고 어떤 내용인지 말해봅시다.

Listen to the Dialogue and tell what it is about. 听對話說內容。

[Dialogue] 對話

A 어제 종강 기념 음악회 갔어요?

B 네, 갔다가 깜짝 놀랐어요.

A 뭐가요?

B 나는 영미 씨가 이름난 음악가인 것을 어제서야 알았어요.

A 나도 얼마 전에 그 사실을 알았어요. 아, 참 이번 학기에 우리과에서 누가 1등을 했는지 알아요?

B 철호 씨가 1등 장학금을 받게 되었다는 소문이 있어요.

A 그래요? 철호 씨는 늘 밤이 새도록 공부하더니 결국 수석을 차지하게 되었군요.

B 조금 전에 과대표가 '우리말' 동아리 모임이 내일 본관 앞 잔디밭에서 있다고 말했어요. 참석할 건가요?

A	다른 약속이 있지만, 약속 시간을 조정해서 가급적 참석하도록 노력 할게요.
B	그럼 내일 만나요.

[어휘] Vocabulary 詞彙

◆ 위에서 들은 [Dialogue] (對話)에 나온 어휘에 대해 함께 알아보겠습니다.
Let's take a look at vocabulary you hear in Dialogue.
一起學習〈對話〉中的詞彙。

〈대화〉 Conversation 對話

종강 final class of semester 學期最后一堂課	장학금 scholarship 獎學金
기념 anniversary 紀念	과대표 department representative 科代表
음악회 concert 音樂會	잔디밭 grass, lawn 草坪
음악가 musician 音樂家	참석하다 attend 參加
학기 semester 學期	조정하다 adjust 調整

〈읽기〉 Reading 閱讀

엊그제 the day before yesterday 前天	농활 agricultural activity 農村活動
신입생 freshman 新生	주마등 revolving lantern 走馬灯
분야별 section, field 各領域	낯선 strange 陌生
보람 worth, usefulness 价值, 意義	학술제 academic festival 學術節
자료실 data room 資料室	군대 army 軍隊

열람실 reading room 閱覽室 모꼬지 meeting 聚會 밤새우다 stay late at night 過夜 동아리 group 社團 뿌듯함 be full, satisfied 自豪	휴학 temporary ansence from school 　　休學 복학 returning to school 夏學 취업 getting a job 就業

 〈듣기〉 Listening 听力

졸업 graduation 畢業 기억 memory, remembrance 記憶 OT orientation 敎育 MT membership training 野游 아쉬운 feeling something lacking 　　可惜的	학과 department 學科 특기 specialty 特長 김치찌개 kimchi stew 泡菜湯 선보이다 introduce 展示

◆ 앞의 [Dialogue] (對話)에서 나온 어려운 구문에 대해 다시 학습하도록 하겠
습니다. Let's study grammatical structures shown in Dialogue.
學習[對話]中的文章結构.

 〈구문 풀이〉 Structures 构文解析

> 나는 **영미 씨가 이름난 음악가인 것**을 어제서야 알았어요.
> **철호 씨가 1등 장학금을 받게 되었다는** 소문이 있어요.
> 철호 씨는 늘 **밤이 새도록** 공부하더니
> 과대표가 '우리말' 동아리 **모임이 내일 본관앞 잔디밭에서 있다고**

이번 차시에는 앞의 [Dialogue] (對話)에서 나온 어려운 구문에 대한 〈문법〉과 〈음운 (발음)〉에 대해 보다 자세하게 학습할 것입니다.

In the second part of this section, we will study various difficult grammatical structures and pronunciations introduced in Dialogue in some more detail.

這堂課要詳細學習第一堂課[對話]中有一定難度的語法和音韻(發音).

1 [문법] Grammar 語法

안은 문장 Sentence with an embedded sentence 從句

안은 문장은 문장 안에 다른 홑문장을 안은 문장으로, 안은 문장의 종류에는 명사절, 관형절, 부사절, 인용절을 안은 문장이 있다. Sentence with an embedded sentence refers to sentence that contains another sentence within it. Embedded sentences include noun clause, pre-noun clause, adverbial clause and citation clause.

句子中包含其他單句叫從句, 從句的種類有名詞從句、形容詞從句、副詞從句和引用從句.

❶ 명사절을 안은 문장 Sentence with an embedded noun clause 名詞句

명사절은 '(으)ㅁ, -기'가 붙어서 만들어진다. Noun clause is created by adding '(으)ㅁ and -기'. 名詞從句接續'(으)ㅁ, -기'來組成.

① 명사형 어미 '-(으)ㅁ'이 붙은 명사절
나는 그가 이름난 <u>음악가임을</u> 어제서야 알았다.

② 명사형 어미 '-기'가 붙은 명사절.
금년에도 농사가 잘 <u>되기를</u> 바란다.

③ [관형사형 어미 '-는/-ㄴ' + 의존명사 '것']으로 된 명사절.
철수가 축구에 소질이 <u>있는 것이</u> 밝혀졌다.

❷ 관형절을 안은 문장 Sentence with an embedded pre-noun clause 定語從句

관형절은 관형사형 어미 '-(으)ㄴ, -(으)ㄹ, -는, -던, -고 하는'이 붙어서 만들어진다.

Pre-noun clause is formed by adding verb modifier endings like '-(으)ㄴ, -(으)ㄹ, -는, -던, and -고 하는'.

定語從句接續冠型詞形詞尾'-(으)ㄴ, -(으)ㄹ, -는, -던, -고 하는'來組成.

① 긴 관형절 : -는

　　나는 철수가 유능한 <u>일꾼이라는</u> 인상을 받았다.

② 짧은 관형절 : -ㄴ, -ㄹ

　　나는 내가 그에게 책을 <u>빌려준</u> 기억이 없다.

❸ **부사절을 안은 문장** Sentence with an embedded adverbial clause 副詞從句

파생 부사(-이)가 이루는 절 외에 '-도록, -게, -어서, -면, -니까' 등의 종속적 연결어미의 형식을 부사절로 본다. Abverbial clause is formed by adding subordinating connective endings like '-도록, -게, -어서, -면, and -니까' in addition to adverbial clause created by derivative adverb -이.

副詞從句除派生副詞(-이)以外的'-도록, -게, -어서, -면, -니까'等詞尾的接續來組成.

　　산 그림자가 소리도 <u>없이</u> 다가온다.
　　그곳은 그림이 <u>아름답게</u> 장식되었다.
　　영수는 손에 땀이 <u>나도록</u> 긴장했다.
　　길이 비가 <u>와서</u> 질다.

❹ **인용절을 안은 문장** Sentence with an embedded citation clause 引用從句

남이나 자기가 말한 내용 또는 자기의 속 생각이나 판단 내용을 인용한 節로서 인용조사 '고, 라고, 하고' 등에 의해 표현된다.

Citation clause displays the quotation of what speaker says and thinks, or what others say, and is expressed by citation postpositional words like '고, 라고, 하고'.

是引用他人或自己的說話內容以及自己的想法和判斷的句子, 由接續引用助詞'고, 라고, 하고'等組成.

나는 <u>철수의 말이 옳다고</u> 생각했다.

순희가 "<u>우리집 바둑이가 새끼를 여러 마리 낳았다.</u>"라고 나에게 말했다.

순희가 <u>비가 온다고</u> 말했다.

② [음운(발음)] Phoneme 音韻(讀音規則)

'에[e]'와 '애[ɛ]'의 구별 : '에'는 전설 중모음이고, '애'는 전설 저모음으로 '애'는 '에'보다 입을 더 크게 벌리는 낮은 소리이다.

Distinction between '에[e]'and'애[ɛ]':'에'is a front, mid vowel, and'애'is a front, low vowel.'애'is a lower sound with a wider and larger open of the mouth than '에'.

'에[e]'和'애[ɛ]'的區別:'에'是前舌中母音而'애'是前舌低母音.'애'比'에'開口度大、聲音低.

❶ 발음 pronunciation 發音

에[e] : 어미 → [에미]

먹이다 → [메기다]

애[ɛ] : 아비 → [애비],　　　　남비 → [냄비]

아지랑이 → [아지랭이],　시골나기 → [시골내기]

❷ 어법 usage 語法

에 : 가게, 메마르다, 게시판, 휴게실

애 : 김치찌개, 된장찌개, 냄비, 시골내기

❸ 구별 distinction 區別

세차 : 새 차

네 것 : 내 것

03 평가
Evaluation 評价

이번 차시는 1차시와 2차시에서 학습한 내용의 문제를 풀이하는 시간입니다. 이에 〈문법과 표현〉, 〈읽기〉, 〈듣기〉 그리고 〈쓰기〉 영역으로 나누어 학습할 것입니다.

이번 차시는 1차시와 2차시에서 학습한 내용의 문제를 풀이하는 시간입니다. 이에 〈문법과 표현〉, 〈읽기〉, 〈듣기〉 그리고 〈쓰기〉 영역으로 나누어 학습할 것입니다.

This section is designed to solve questions about what you learn in the previous two sections. It consists of four parts: Grammar & Expressions, Reading, Listening and Writing.

這堂課要對第一, 二堂課的內容分〈語法與表現〉, 〈閱讀〉, 〈听力〉, 〈寫作〉四个部分進行練習.

[문법과 표현] Grammar and Expressions 語法與表現

1 〈보기〉에서 제시한 예를 참고하여 아래 문제의 ( )을 채우시오.
Referring to the example, fill in the blanks below. 仿照例句填空。

> **보기** 우리는 소식을 들었다. 철수가 귀국했다.
>   → 우리는 철수가 귀국했다는 소식을 들었다.

❶ 영수는 이름난 예술가이다. 나는 오늘에서야 알았다.
  → 명사절 (   )

❷ 나는 기억이 없다. 나는 그에게 책을 빌려주다.
  → 관형절 (   )

❸ 눈이 왔다. 길이 미끄럽다.

  → 부사절 (   )

❹ 순희가 말했다. 비가 온다

  → 인용절 (   )

 [읽기] Reading 閱讀

다음 예문을 읽고 물음에 답하시오.

Read the passage and answer the questions. 閱讀例文回答問題。

> 대학에 입학한 지가 엊그제 같은데 벌써 4학년이 되었다. 2003년도 신입생 OT로 시작된 대학 생활은 나름대로 보람 있었다. 도서관 분야별 자료실에서 마음껏 책을 읽던 일과 열람실에서 밤새워 공부하던 일, 학과 모꼬지와 동아리 활동, 그리고 방학 농활을 통해 대학생의 뿌듯함을 느끼던 일 등이 주마등처럼 스쳐 지나간다. 특히 잊지 못할 일은 대학 축제 때 낯선 사람들과 어울려 댄스 파티 한 일과, 학과 학술제 행사를 위해 땀흘리며 준비했던 일이다. 군대에 다녀오느라 3년 간을 휴학했다가 지난 해에 3학년으로 복학하고, 2009년도에 4학년이 되었다. 금년에는 대학 생활을 강의실과 도서관에서 주로 보내려고 한다. 요즘 취업이 너무 어려우므로 열심히 공부하지 않으면 취업하기가 어렵기 때문이다.

1 대학 생활에서 가장 기억에 남는 일은 무엇인가?

2 남은 대학생활을 왜 강의실과 도서관에서 주로 보내야 한다고 했는가?

3 몇 학년을 마치고 군대에 갔는가?

 [듣기] Listening 听力

다음 내용을 듣고 물음에 답하시오.

Listen and answer the questions. 听對話回答問題。

 A 대학에 입학한 지 몇 년이 되었나요?

B 6년이 되었어요. 군대에 3년 간 다녀오느라 이제 4학년 졸업학년이에요.

A 대학 생활 중 가장 기억에 남는 것은 무엇인가요?

B 여러 가지 있지만, 신입생 OT와 학과 학술제 행사가 가장 기억에 남아요.

A 그렇군요. 그 다음에 또 기억에 남는 일은 무엇인가요?

B 도서관 분야별 자료실에서 마음껏 책을 읽던 일과 열람실에서 밤 새워 공부하던 일, 그리고 동아리 활동을 들 수 있어요.

A 이제 졸업 학년이라 바쁠텐데, 아쉬운 점이 있다면 무엇인가요?

B 학과 전체 MT에 참석하지 못한 점이 아쉬워요. 그래서 4학년이지만 시간을 내어서 올해는 꼭 다녀오려고 해요. 제 특기인 김치찌개를 선보이고 싶어요.

1 B가 대학생활 중 가장 기억에 남는 일은 무엇인가요?

2 대학 생활에서 아쉬운 점은 무엇인가요?

3 학과 전체 MT에 참석해서 하고 싶은 일이 무엇인가요?

 [쓰기] Writing 寫作

본인의 대학 생활 중 가장 기억에 남는 일을 쓰세요.

Write what you can remember best during your college life.

請寫出大學生活當中最難忘的事情.

04 정리하기
Summary 綜合

1. 안은 문장

(1) 명사절을 안은 문장

나는 그가 이름난 음악가임을 어제서야 알았다.

금년에도 농사가 잘 되기를 바란다.

(2) 관형절을 안은 문장

나는 철수가 유능한 일꾼이라는 인상을 받았다.

나는 내가 그에게 책을 빌려준 기억이 없다.

(3) 부사절을 안은 문장

산 그림자가 소리도 없이 다가온다.

영수는 손에 땀이 나도록 긴장했다.

(4) 인용절을 안은 문장

순희가 비가 온다고 말했다.

2. [음운(발음)](Phoneme) [音韻(發音)]

'에[e]'와 '애[ɛ]'의 구별

(1) 발음

에[e] : 어미 → [에미]

먹이다 → [메기다]

애[ɛ] : 아비 → [애비], 남비 → [냄비]

아지랑이 → [아지랭이], 시골나기 → [시골내기]

(2) 어법
에 : 가게, 메마르다, 게시판, 휴게실
애 : 김치찌개, 된장찌개, 냄비, 시골내기

(3) 구별
세차 : 새 차,　　네 것 : 내 것

종강 final class of semester 學期最后一堂課	강의를 끝마침	**기념** anniversary 紀念	어떤 뜻깊은 일에 대하여 잊지 않고 마음에 간직함
음악회 concert 音樂會	음악을 연주하여 청중이 감상하게 하는 모임	**음악가** musician 音樂家	음악을 전문으로 하는 사람
학기 semester 學期	한 학년의 수업 기간을 나눈 구분	**장학금** scholarship 獎學金	학술연구를 장려하고 지원하기 위해 특정한 학자나 단체에 내 주는 돈
과대표 department representative 科代表	학과의 대표	**잔디밭** grass, lawn 草坪	잔디로 이루어진 마당
참석하다 attend 參加	어떤 자리나 모임에 참여하다	**조정하다** adjust 調整	고르지 못하거나 부족한 것을 알맞게 조절하여 정상 상태가 되게 함
엊그제 the day before yesterday 前天	이삼일 전	**신입생** freshman 新生	학교에 새로 들어온 학생
분야별 section, field 各領域	사물을 어떤 기준에 따라 구분한 영역	**보람** worth, usefulness 价值 意義	좋은 결과
자료실 data room 資料室	자료를 모아 둔 곳	**열람실** reading room 閱覽室	도서를 열람하는 방
모꼬지 meeting 聚會	단체 모임	**밤새우다** stay late at night 過夜	잠을 자지 않고 꼬박 밤히다
동아리 group 社團	패를 이룬 무리, 그룹	**뿌듯함** be full, satisfied 自豪	가득히 차서 빈 틈이 없음
농활 agricultural activity 農村活動	농촌에 가서 농삿일을 도와주는 행위	**주마등** revolving lantern 走馬灯	사물이 덧없이 빨리 변하여 돌아감을 비유하는 말
낯선 strange 陌生	안면이 없는	**학술제** academic festival 學術節	학술에 관한 행사
군대 army 軍隊	일정한 규율과 질서 아래 조직 편제된 군인의 집단	**휴학** temporary absence from school 休學	학생이 병이나 사고 따위로 일정한 기간을 쉼

복학 returning to school 復學 學科 特長 泡菜湯 展示	휴학했다가 다시 등록함	**취업** getting a job 就業	직장에 나아가 일함
졸업 graduation 畢業	학교에서 정해진 교과 과정을 모두 마침	**기억** memory, remembrance 記憶	지난 일을 잊지 않고 외 어 둠
OT orientation 教育	신입생이나 신입사원 들 에게 새로운 환경에 적 응하도록 지도하는 일	**학과** department 學科	학문의 과목
MT membership training 野游	어떤 단체의 회원 간의 친목과 협심을 위한 사 전 훈련 모임	**김치찌개** kimchi stew 泡菜湯	김치로 만든 찌개
아쉬운 feeling something lacking 可惜的	일부 없거나 모자라서 서운한	**선보이다** introduce 展示	사물을 여러 사람 앞에 처음으로 공개하다
특기 specialty 特長	특별한 기능이나 기술		

제14과

도서관 이용하기
Using a library, 利用圖書館

---

01 | 들어가기
Introduction 導言

　오늘은 〈도서관 이용하기〉이라는 주제로 수업을 진행할 것입니다. 따라서 우선, 도서관 이용하기에 관련된 [Dialogue] (對話)와 어휘를 공부할 것이고, 다음으로 [Dialogue]에 나온 〈문법〉과 〈음운(발음)〉에 대해 공부할 것입니다. 그리고 마지막으로 각 영역별(문법과 표현, 읽기, 듣기, 쓰기 등)로 나누어 문제를 풀이함으로써 다양한 학습효과를 갖도록 할 것입니다.

　The topic of today's lecture is Using a library. First, we will look at Dialogue and Vocabulary about Using a library, and second, learn about grammar and pronunciation of words shown in Dialogue. Finally, we will learn more in the remaining sections of this unit such as 'Grammar & Expressions, Reading, Listening and Writing' mainly through working on various questions.

　今天的課堂主題是〈利用圖書館〉。首先學習与'郵局和銀行'有關的對話和詞匯, 然后學習語法和音韻。最后通過對各个領域(語法与表現, 閱讀, 听力, 寫作等)的練習增强學習效果。

학습목표 Learning goals 學習內容

○ '도서관 이용하기에 대해 일상적으로 행해지는 구어와 문어 담화를 비교적 잘 수행할 수 있다.
Students will be able to handle both oral and written discourse of Using a library occurring in everyday life in a relatively easy way.
比較熟練地掌握有關〈利用圖書館〉的口頭和書面上的談話。

○ 읽기, 듣기 등 '도서관 이용하기'에 필요한 기본적인 언어생활을 익힐 수 있다.
Students will be able to learn basic expressions of Using a library through reading and listening. 通過閱讀和听力練習掌握有關〈利用圖書館〉的基本語言生活。

○ '도서관 이용하기'에 관련된 주제에 관해 짧은 글을 쓸 수 있다.
Students will be able to write a short essay about Using a library.
可以用有關〈利用圖書館〉的主題寫短文。

○ 적절한 기능적 표현을 사용하여 일상생활에 필요한 문법적 표현을 활용할 수 있다.
Students will be able to use grammatical structures necessary for everyday life by employing appropriate functional expressions.
能够運用日常所需的語法形式。

학습내용 Contents of Learning 學習內容

○ [Dialogue] (對話)의 어휘 및 내용 파악하기
Knowing vocabulary and meaning in Dialogue. 掌握[對話]的詞匯和內容。

○ [Dialogue] (對話)를 통한 구문표현(문법, 음운) 이해하기
Understanding syntactic expressions of grammar and phonology in Dialogue
通過[對話]理解构文表現(語法, 音韻)。

○ 평가하기(문법과 표현, 읽기, 듣기, 쓰기)
Evaluation(Grammar & Expressions, Reading, Listening and Writing)
評价(語法与表現, 閱讀, 听力, 寫作)

○ 정리하기 Summary 小結

이번 차시는 모두 2개 부분으로 구성하여 우선, 도서관 이용하기에 관련된 [Dialogue] (對話)와 어휘를 공부할 것이고, 다음으로 [Dialogue] (對話)에 나온 〈문법〉과 〈음운(발음)〉에 대해 공부할 것입니다.

This section consists of two parts. The first part deals with Dialogue and Vocabulary of Using a library. The second part involves grammar and pronunciation in Dialogue.

這堂課分為兩部分, 首先學習有關〈利用圖書館〉的對話和詞匯, 然后學習語法和音韻(發音)。

◆ 다음 [Dialogue] (對話)를 듣고 어떤 내용인지 말해봅시다.

Listen to the Dialogue and tell what it is about. 听對話說內容。

[Dialogue] 對話

제시카	혜인 씨 어디에 가는 길이에요?
박혜인	도서관에 책을 반납하러 가는 길이에요.
제시카	그래요? 나도 반납해야 하는 책이 있는데…
박혜인	그럼 도서관에 같이 가요.
제시카	그런데 이 책을 조금 더 빌릴 수는 없을까요?
박혜인	그러면 도서 연장 신청을 하면 돼요.
제시카	도서 연장 신청이요?
박혜인	네, 반납 기한을 연장하는 거예요. 내가 알려줄 테니까 같이 가요.
제시카	그래요. 가면서 이야기해요.
박혜인	학교 홈페이지나 열람실에서 반납 기한을 연장할 수 있어요. 어떤

때는 알면서도 잊어버릴 때가 종종 있어요. 도서관을 자주 이용하면 잊어버리지 않을 텐데 말이죠.

제시카   그렇군요. 그럼 지금 도서관에 가서 연장 신청을 해야겠네요. 앞으로 는 자주 도서관을 이용해야겠어요.

[어휘] Vocabulary 詞匯

◆ 위에서 들은 [Dialogue] (對話)에 나온 어휘에 대해 함께 알아보겠습니다.
Let's take a look at vocabulary you hear in Dialogue.
一起學習〈對話〉中的詞匯。

〈대화〉 Conversation 對話

도서관 library 圖書館	홈페이지 home page 首頁
도서 books 圖書	열람실 reading room 閱覽室
연장 extension 延長	접속 log-in 登彔
신청 application 申請	변경 change 變更
기한 due, time limit 期限	과목 subject 科目
빌리다 borrow 借	기간 period 期間
반납하다 return 還	실습 practice 實習

〈읽기〉 Reading 閱讀

국제회의장 international conference room, 國際會議室	도서 신청 borrowing a book 圖書申請 불편없이 without inconvenience 方便

국제학술대회 international academic conference 國際學術會 참석 attendance 參加 이용 use 利用 인문사회 humanity & social 人文社科 자료실 data room 資料室 과제 subject 課題	의견 opinion 意見 열람실 reading room 閱覽室 졸업 graduation 畢業 풍성한 abundant 丰盛的 지식 knowledge 知識 소망 hope, dream 愿望, 心愿 성취 achievement 成就習

 〈듣기〉 Listening 听力

중순 the middle of a month 中旬 선발 selection 選拔 시상식 ceremony of awarding prizes 發獎儀式 공지사항 items of official announcement 公告	도서 대출 lending a book 借書 지정 assignment 指定 방식 way 方式 참여 participation 參与 대성황 great success 大盛況

◆ 앞의 [Dialogue] (對話)에서 나온 어려운 구문에 대해 다시 학습하도록 하겠
습니다. Let's study grammatical structures shown in Dialogue.
學習[對話]中的文章結构

 〈구문 풀이〉Structures 构文解析

내가 **알려 줄 테니까** 같이 가요.
가면서 이야기 해요.
어느 때는 **알면서도 잊어 버릴** 때가 종종 있어요

이번 차시에는 앞의 [Dialogue] (對話)에서 나온 어려운 구문에 대한 〈문법〉과 〈음운 (발음)〉에 대해 보다 자세하게 학습할 것입니다.

In the second part of this section, we will study various difficult grammatical structures and pronunciations introduced in Dialogue in some more detail.

這堂課要詳細學習第一堂課[對話]中有一定難度的語法和音韻(發音)。

1 [문법] Grammar 語法

❶ -V1-(으)ㄹ 테니까, V2-

관형사형어미 '-ㄹ'과 의존명사 '터'와 서술격조사 '-이'의 결합형인 '-ㄹ 터이니까(테니 까)'의 준말이다. This expression is a contracted form of '-ㄹ 터이니까' created through a combination of verb modifier ending '-ㄹ', depending noun '터' and predicate postpositional word '이'.

冠詞形詞尾'-ㄹ'、依存名詞'터'和叙述格助詞'이'的結合型'-ㄹ 터이니까'的略詞。

① 주어가 1인칭인 경우에는 화자의 의지를 나타낸다. When subject is a 1st person, -V1-(으)ㄹ 테니까, V2- indicates a speaker's willingness.

主語爲單人称時表示說話者的意志

저는 도서관에 <u>갈 테니까</u> 먼저 가세요.
제가 먼저 <u>도와드릴 테니까</u> 나중에 도와주세요.

② 주어가 3인칭인 경우에는 화자의 추측을 나타낸다.When subject is a 3rd person, -V1-(으)ㄹ 테니까, V2- indicates a speaker's guess.

主語爲三人称時表示說話者的推測。

영수가 <u>올 테니까</u> 조금 기다려요.
사람들이 <u>떠날 테니까</u> 그때 같이 떠나요.

❷ -V1-(으)면서 V2-

용언 어간에 붙는 연결어미로 선행절을 후행절에 종속적으로 연결함으로써 두 가지의 행위가 동시에 일어나는 의미를 갖는다. This expression is a connective ending added to verb root, and expresses the idea of coocurrence of two different behaviors by linking a preceding clause to a following clause in a subordinate way.

用于用言詞干的連接語尾, 從屬的接續前后句表示兩种行爲同時發生。

점심 <u>먹으면서</u> 어린 시절에 대해 이야기 했어요.

음악을 <u>들으면서</u> 공부를 했어요.

❸ -V1-(으)면서도 V2-

용언 어간에 붙는 연결어미 '-(으)면서'에 보조사 '-도'가 결합한 형태로서 선행절의 내용과 대립되는 의미를 갖는다. This expression is formed by a combination of a connective ending added to verb root '-(으)면서' with a helping word '-도'. It has the meaning opposite to the meaning of a preceding clause.

用于用言詞干的連接語尾, 是'-(으)면서'和連接輔助詞'-도'結合的形態, 前后句內容相反。

그는 <u>모르면서도</u> 아는 체를 한다.

영수는 이번 시험에 <u>실패했으면서도</u> 낙담하지 않는다.

2 [음운(발음)] Phoneme 音韻(讀音規則)

· **'의'의 발음 Pronunciation of '의' '의'的發音**

'ㅢ'는 [ㅢ]로 발음하나 다음과 같은 경우 [ㅣ]나 [ㅔ]로도 발음한다.

'ㅢ' is pronounced as [ㅢ], but is also pronounced as [ㅣ] or [ㅔ] in the following cases.

'ㅢ'在下列情況下可發音爲[ㅣ]或[ㅔ]。

· 자음을 첫소리로 가지고 있는 '늬'는 [ㅣ]로 발음한다.

'늬' with consonant as a first sound is pronounced as [ㅣ].

以子音開頭的'늬'發音爲[ㅣ]。

널리리[널리리]　　　넝큼[넝큼]　　　무늬[무니]
틔어[티어]　　　　　희어[히어]　　　희망[히망]

· 단어의 첫음절 이외의 '의'는 [ㅣ]로 발음하는 것도 허용한다.

'의' in all positions except for a syllable-initial position of a word is allowed to be pronounced as [ㅣ].

第一音節以外的'의'可發音爲[ㅣ]。

주의[주의/주이]　　　협의[혀븨/혀비]

· 조사 '의'는 [ㅔ]로 발음하는 것도 허용한다.

'의' as a postpositional word is allowed to be pronounced as [ㅔ].

助詞'의'可發音爲[ㅔ]。

우리의[우리의/우리에]　　　사랑의[사랑의/사랑에]　　　나의[나의/나에]

이번 차시는 1차시와 2차시에서 학습한 내용의 문제를 풀이하는 시간입니다. 이에 〈문법과 표현〉, 〈읽기〉, 〈듣기〉 그리고 〈쓰기〉 영역으로 나누어 학습할 것입니다.

이번 차시는 1차시와 2차시에서 학습한 내용의 문제를 풀이하는 시간입니다. 이에 〈문법과 표현〉, 〈읽기〉, 〈듣기〉 그리고 〈쓰기〉 영역으로 나누어 학습할 것입니다.

This section is designed to solve questions about what you learn in the previous two sections. It consists of four parts: Grammar & Expressions, Reading, Listening and Writing.

這堂課要對第一, 二堂課的內容分〈語法與表現〉, 〈閱讀〉, 〈听力〉, 〈寫作〉四个部分進行練習。

 [문법과 표현] Grammar and Expressions 語法與表現

1 〈보기〉에서 제시한 예를 참고하여 아래 문제의 (   )을 채우시오.
Referring to the example, fill in the blanks below. 仿照例句填空。

> **보기** 아버지가 가시다. 5분만 기다리다.
>   → 아버지가 가실 테니 5분만 기다려요.

❶ 나는 밥을 먹다. 빵을 먹다. → (   )
❷ 비가 오다. 빨래를 걷다.   → (   )

보기	겨울이 가다. 꽃이 피다. → (1) 겨울이 가면서 꽃이 핀다.
	(2) 겨울이 가면서도 꽃이 피었다.

❶ 운동을 하다. 비디오를 보다.

→ (1) (   )

(2) (   )

 [읽기] Reading 閱讀

다음 예문을 읽고 물음에 답하시오.

Read the passage and answer the questions. 閱讀例文回答問題。

금년 초에 대학 도서관 6층 국제회의장에서 열린 국제학술대회에 참석했다가 도서관을 자주 이용하게 되었다. 특히, 4층에 있는 인문사회 자료실에서 과제에 필요한 많은 책을 접할 수 있게 되었다. 도서관에 없는 책은 도서 신청을 하면 10일 이내에 구입해 주어 큰 불편없이 책을 볼 수 있었다. 그리고 1층 스터디룸에서 그룹 모임을 통해 서로의 생각과 의견을 나누었으며, 시험 때마다 지하 1층 열람실에서 친구와 함께 밤을 새우며 공부를 하기도 했다. 졸업하기 전까지는 앞으로도 수업 시간을 제외하고는 매일 도서관을 이용하려고 한다. 매일 도서관을 이용한다는 것이 쉬운 일은 아닐 것이지만, 도서관에 오면 마음이 풍요로워지게 되고, 또 평안함을 느끼게 된다. 도서관을 이용하면 전공 서적 외에도 다양한 독서를 통해 풍성한 지식을 쌓을 수 있을 것이다. "책 속에 길이 있다."라는 말이 있다. 그만큼 책을 가까이 하면 각자가 소망하는 삶을 성취할 수 있다는 뜻이다. 금년에 세운 여러 가지 개인적 목표가 있지만, 의 목표를 무엇보다도 잘 지키도록 노력할 것이다.

▇ 도서관을 자주 이용하게 된 계기는 무엇인가요?

② 도서관에 없는 책은 어떻게 볼 수 있나요?

③ 졸업하기 전에 하고 싶은 것은 무엇인가요?

④ 마지막 문장에 밑줄 친 '이'의 내용을 쓰세요.

 [듣기] Listening 听力

다음 내용을 듣고 물음에 답하시오.

Listen and answer the questions. 听對話回答問題。

 민지 다음 달 중순에 독서를 많이 한 사람 20명을 선발하여 시상식을 한데요.

라훌 그래요? 어떤 방식으로 선발하나요?

민지 두 가지로 나누어 선발한다고 도서관 공지사항에서 보았어요. 하나는 도서관에서 책을 많이 대출한 순이고, 다른 하나는 도서관에서 지정한 책 10권에서 문제를 내어 가장 높은 점수를 받은 순으로 한데요.

라훌 학생들이 많이 참가하나요?

민지 네, 작년에는 500명이 넘게 참여해서 대성황을 이루었어요. 나도 참가했는데, 아깝게 등수에 들지 못했어요.

라훌 민지 씨도 올해 참여할 건가요?

민지 네, 그러려고 해요. 라훌 씨도 같이 참여할래요?

라훌 생각해 볼게요. 그런데 내년에도 있나요?

1 독서를 많이 한 사람에게 언제 상을 주나요?

2 책을 많이 대출한 사람은 모두 몇 명이 상을 받게 되나요?

3 대화 내용을 볼 때, 라훌은 금년에 참가할 건가요?

[쓰기] Writing 寫作

대학 도서관을 이용한 소감을 쓰세요.

Write about what you've felt or thought about after the use of college libraries.

請寫出利用大學圖書館后的感想。

04 정리하기
Summary 綜合

1. -V1-(으)ㄹ 테니까, V2-

(1) 주어가 1인칭인 경우에는 화자의 의지를 나타낸다.
　　저는 도서관에 <u>갈 테니까</u> 먼저 가세요.
(2) 주어가 3인칭인 경우에는 화자의 추측을 나타낸다.
　　비가 <u>올 테니까</u> 빨리 떠나세요.

2 -V1-(으)면서 V2-

영수는 음악을 <u>들으면서</u> 잠을 잔다.

3. -V1-(으)면서도 V2-

김 과장은 이번에 <u>승진했으면서도</u> 겸손하다.

4. '의'의 발음

(1) 자음을 첫소리로 가지고 있는 '늬'는 [ㅣ]로 발음한다.
　　늴리리[닐리리]　　닁큼[닝큼]　　무늬[무니]
　　틔어[티어]　　희어[히어]　　희망[히망]

(2) 단어의 첫음절 이외의 '의'는 [ㅣ]로 발음하는 것도 허용한다.
　　주의[주의/주이], 협의[혀븨/혀비]

(3) 조사 '의'는 [ㅔ]로 발음하는 것도 허용한다.
　　우리의[우리의/우리에], 사랑의[사랑의/사랑에]

단어사전 Dictionary of words 詞彙表

도서 books 圖書	글씨, 그림, 책 등의 총칭	도서관 library 圖書館	온갖 도서 및 자료를 모아 두고 일반인이 볼 수 있도록 한 시설
연장 extension 延長	길이 또는 시간을 늘임	신청 application 申請	어떤 일을 해 주거나 어떤 물건을 해줄 것을 요청함
기한 due, time limit 期限	미리 정해 놓은 일정한 시기	빌리다 borrow 借	남의 물건을 얻다가 쓰다
반납하다 return 還	도로 돌려주다	성취 achievement 成就	
열람실 reading room 閱覽室	책이나 신문 등을 훑어보는 곳	접속 log-in 登錄	서로 맞닿게 이어짐
변경 change 變更	바꾸어 고침	과목 subject 科目	교과를 구성하는 단위
기간 period 期間	일정한 시기에서 다른 일정한 시기까지의 사이	실습 practice 實習	배운 기술 따위를 실지로 해보거나 익힘
국제회의장 international conference room, 國際會議室	국제 회의를 여는 장소	국제학술대회 international academic conference 國際學術會	국제적으로 여는 학술대회
대성황 great success 大盛況	어떤 행사나 흥행 따위에 사람이 많이 모이는 등 성대한 상황을 이루는 일	이용 use 利用	물건을 이롭게 쓰거나 쓸모있게 씀
인문사회 humanity & social 人文社科	정치, 경제, 사회 역사 등 인문 사회를 통틀어 이르는 말	자료실 data room 資料室	자료를 수집해 놓은 방
도서신청 borrowing a book 圖書申請	책을 빌리려고 신청하는 것	소망 hope, dream 願望, 心願	바라는 바, 희망
불편없이 without inconvenience 方便	편하지 못함이 없이	의견 opinion 意見	어떤 일에 대한 생각
풍성한 abundant 丰盛的	넉넉하고 많은	지식 knowledge 知識	사물에 대해 알고 있는 내용
중순 the middle of a month 中旬	그 달의 10일부터 20일까지의 열흘 동안	선발 selection 選拔	가려 뽑음

시상식 ceremony of awarding prizes 發獎儀式	상장이나 상품 등을 주는 식	**공지사항** items of official announcement 公告	사회 일반에 널리 알리는 상황
도서 대출 lending a book 借書	책을 빌려주는 것	방식 way 方式	어떤 일정한 형식이나 방법
지정 assignment	가리켜 정함 指定	**참여** participation 參與	참가하여 관계함

메모하세요

제15과

경험과 미래

Experience and Future, 經驗和未來

오늘은 〈경험과 미래〉라는 주제로 수업을 진행할 것입니다. 따라서 우선, 경험과 미래에 관련된 [Dialogue] (對話)와 어휘를 공부할 것이고, 다음으로 [Dialogue]에 나온 〈문법〉과 〈음운(발음)〉에 대해 공부할 것입니다. 그리고 마지막으로 각 영역별(문법과 표현, 읽기, 듣기, 쓰기 등)로 나누어 문제를 풀이함으로써 다양한 학습효과를 갖도록 할 것입니다.

The topic of today's lecture is Experience and Future. First, we will look at Dialogue and Vocabulary about Experience and Future, and second, learn about grammar and pronunciation of words shown in Dialogue. Finally, we will learn more in the remaining sections of this unit such as 'Grammar & Expressions, Reading, Listening and Writing' mainly through working on various questions.

今天的課堂主題是〈經驗和未來〉。首先學習与〈經驗和未來〉有關的對話和詞匯, 然后學習語法和音韻。最后通過對各个領域(語法与表現, 閱讀, 听力, 寫作等)的練習增强學習效果。

학습목표 Learning goals 學習內容

○ '경험과 미래'에 대해 일상적으로 행해지는 구어와 문어 담화를 비교적 잘 수행할 수 있다.
Students will be able to handle both oral and written discourse of Experience and Future occurring in everyday life in a relatively easy way.
比較熟練地掌握有關〈經驗和未來〉的口頭和書面上的談話。

○ 읽기, 듣기 등 '경험과 미래'에 필요한 기본적인 언어생활을 익힐 수 있다.
Students will be able to learn basic expressions of Experience and Future through reading and listening.
通過閱讀和听力練習掌握有關〈經驗和未來〉的基本語言生活。

○ '경험과 미래'에 관련된 주제에 관해 짧은 글을 쓸 수 있다.
Students will be able to write a short essay about Experience and Future.
可以用有關〈經驗和未來〉的主題寫短文。

○ 적절한 기능적 표현을 사용하여 일상생활에 필요한 문법적 표현을 활용할 수 있다.
Students will be able to use grammatical structures necessary for everyday life by employing appropriate functional expressions.
能够運用日常所需的語法形式。

학습내용 Contents of Learning 學習內容

○ [Dialogue] (對話)의 어휘 및 내용 파악하기
Knowing vocabulary and meaning in Dialogue. 掌握對話的詞匯和內容。

○ [Dialogue] (對話)를 통한 구문표현(문법, 음운) 이해하기
Understanding syntactic expressions of grammar and phonology in Dialogue
通過對話理解构文表現(語法, 音韻)。

○ 평가하기(문법과 표현, 읽기, 듣기, 쓰기)
Evaluation(Grammar & Expressions, Reading, Listening and Writing)
評价(語法与表現, 閱讀, 听力, 寫作)

○ 정리하기 Summary 小結

02 학습 내용
Contents of Learning 學習內容

이번 차시는 모두 2개 부분으로 구성하여 우선, 경험과 미래에 관련된 [Dialogue] (對話)와 어휘를 공부할 것이고, 다음으로 [Dialogue] (對話)에 나온 〈문법〉과 〈음운(발음)〉에 대해 공부할 것입니다.

This section consists of two parts. The first part deals with Dialogue and Vocabulary of Experience and Future. The second part involves grammar and pronunciation in Dialogue.

這堂課分爲兩部分, 首先學習有關〈經驗和未來〉的對話和詞匯, 然后學習語法和音韻(發音)。

◆ 다음 [Dialogue] (對話)를 듣고 어떤 내용인지 말해봅시다.

Listen to the Dialogue and tell what it is about. 听對話說內容。

[Dialogue] 對話

> 철민 저는 어린 시절을 시골에서 보낸 적이 있습니다. 부모님은 친구들과 잘 어울리며 함께 뛰어 노는 저를 좋아하셨습니다. 그래서 인간 관계의 소중함을 일찍부터 알게 된 것 같습니다.
>
> 토니 저는 조그마한 도시에서 태어나 자랐습니다. 부모님은 무슨 일이든 혼자의 힘으로 해결할 수 있도록 저를 이끌어 주셔서 독립심을 갖도록 하셨습니다.
>
> 리웬 저는 큰 도시에서 자랐습니다. 그러나 부모님 덕분에 산이며 강이며 여러 곳을 다녀본 일이 있었고, 그런 자연과 함께 하는 삶 속에서 지내다 보니 '나눔'이라는 가치관을 갖게 되었나 봅니다.

> 철민 저의 꿈은 교사입니다. 그래서 사범대학에 들어왔습니다. 학생들에게
>   자신의 꿈과 비전을 갖게 하고, 누군가에게 필요한 사람이 되라고 가르
>   칠 것입니다.
>
> 토니 저는 이론과 실기를 겸비한 무용수가 되고 싶습니다. 그래서 우리나라
>   무용계의 후진 양성을 위해 모든 것을 쏟고 싶습니다. 항상 창조적인
>   정신과 열정적인 노력으로 그 꿈을 이루도록 최선을 다할 것입니다.
>
> 리웬 저의 꿈은 의사입니다. 그래서 어려운 이웃을 위해 무료 의료 진료를
>   하려고 합니다. 누구보다 훌륭한 의사가 되도록 열심히 공부하고 연구
>   할 것입니다.

[어휘] Vocabulary 詞匯

◆ 위에서 들은 [Dialogue] (對話)에 나온 어휘에 대해 함께 알아보겠습니다.
Let's take a look at vocabulary you hear in Dialogue.
一起學習〈對話〉中的詞匯。

〈대화〉 Conversation 對話

어린 시절 childhood 小時候	사범대학 school of education 師范大學
인간 관계 personal relationship 人際關系	꿈과 비전 dream and vision 夢想和未來
(친구들과) 잘 어울리다 get along well with friends 和睦相處	무용수 dancer 舞蹈演員
	무용계 dancing profession 舞蹈界
소중함 importance, significance 珍貴	후진 양성 cultivation of younger generation 后進培養
혼자의 힘 by(for) oneself 獨自	
독립심 independence 獨立心	창조적 creative 創意性
자연 nature 自然	열정적 enthusiastic 熱情

가치관 sense of value 价值觀 나눔 sharing 分享	의료진료 medical diagnosis 診察

 〈읽기〉 Reading 閱讀

막내 the youngest child 老小 공무원 public officer 公務員 돌보다 take care of 照顧 덕분에 due to, thanks to 托福 동화책 fairy tale book 童話書 위인전 books about great people 　　　偉人傳 문학전집 complete works of literature 　　　文學全集	장점 advantages, merits 优点 꼼꼼하게 meticulously, in detail 　　　仔細地 조심스럽게 carefully 小心地 학식 knowledge 學識 물질 material 物質 상황 situation 狀況 소중한 important 珍貴的 행동 behavior 行動

 〈듣기〉 Listening 听力

추억 memory 回憶 딱딱한 hard 堅硬的 아스팔트길 asphalted road 柏油路 아늑한 cozy, comfortable 雅靜 쓸쓸함 loneliness 冷清 흙길 muddy road 土道 돌담길 stone road 石垣路 코스모스 cosmos flower 波斯菊	회색 gray 灰色 보도블럭 sidewalk block 人行道 즐비하게 stand in a continuous row 林立 우울한 gloomy, depressing 憂郁的 풍경 scenery 風景 순수한 pure 純淨的 세속 worldly, mundane 世俗 씻어내다 wash 沖洗

◆ 앞의 [Dialogue] (對話)에서 나온 어려운 구문에 대해 다시 학습하도록 하겠습니다. Let's study grammatical structures shown in Dialogue. 學習[對話]中的文章結构.

 〈구문 풀이〉 Structures 构文解析

> 소중함을 일찍부터 **알게 된 것 같습니다**.
> 자연과 함께 하는 삶 속에서 **지내다보니** '나눔'이라는 가치관을 **갖게 되었나 봅니다**.
> 저는 어린 시절을 시골에서 **보낸 적이 있습니다**.
> 여러 곳을 **다녀본 일이 있었고**
> 무료 의료진료를 **하려고 합니다**.

이번 차시에는 앞의 [Dialogue] (對話)에서 나온 어려운 구문에 대한 〈문법〉과 〈음운(발음)〉에 대해 보다 자세하게 학습할 것입니다.

In the second part of this section, we will study various difficult grammatical structures and pronunciations introduced in Dialogue in some more detail.

這堂課要詳細學習第一堂課[對話]中有一定難度的語法和音韻(發音)。

1 [문법] Grammar 語法

❶ 과거의 경험 Past experience 過去的經驗
　① -다 보니 : 용언의 어간과 결합하여 시간의 흐름을 나타냄
　　This expression combined with verb root shows the flow of time.
　　与用言詞干接續表示時間的流逝。

　　오다 보니 아름다운 곳이 있었다.
　　놀다 보니 어느새 저녁이 되었다.

② -았(었)+나 보다 : 과거의 사실을 통해 어떤 행위나 상태를 짐작함

This expression displays the guess about behavior or condition on the basis of past events or facts.

通過過去的事情推測某种行爲或狀態。

전에는 두 사람이 알고 <u>지냈나 보다</u>.
이번 시험은 작년 시험보다 <u>쉬었나 보다</u>.

③ -(으)ㄴ 적(일)이 있다 : 과거에 경험한 행위나 사실을 나타냄

This expression represents behavior or fact that speaker experienced in the past.

表示過去所經歷的行爲或事情。

전에 <u>맛본 적이</u> 있다.
그 사람을 <u>만난 적이</u> 없다.
산에 나무를 <u>심어본 일이</u> 있다.
사실을 <u>은폐한 일이</u> 없다.

④ -아(어) 본 적(일)이 있다 : 과거에 어떤 행위를 시도한 경험이 있음

This expression displays the idea that speaker tried performing certain behavior in the past.

有過去試圖或嘗試某种行爲的經驗。

이 곳에 <u>와 본 적이</u> 있다.
무대에서 <u>노래해 본 적이</u> 있다.
민요에 대해서 <u>배워 본 적이</u> 있다.

❷ 미래에 대한 예정
① -게 되- : 객관적인 관점에서 일어날 일에 대해 미리 예측하는 것으로 피동적인 의미를 가짐

This expression predicts what will happen in the future from an objective viewpoint, and displays the passive meaning.

-게 되- :從客觀的角度預測將要發生的事情, 表示被動。

곧 배가 <u>떠나게 된다</u>.
내일이면 <u>알게 된다</u>.

② -려고 하- : 객관적인 관점에서 일어날 일에 대해 미리 예측하는 것으로 사동적인
의미를 가짐

This expression predicts what will happen in the future from an objective viewpoint, and has the causative meaning.

-려고 하- : 從客觀的角度預測將要發生的事情, 表示使動。

철수가 공을 <u>차려고 한다</u>.
먹구름이 낀걸 보니 곧 비가 <u>오려고 한다</u>.

2 [음운(발음)] Phoneme 音韻(讀音規則)

외래어 표기법 Transcription of foreign words 外來語表記法
〈제1항〉 외래어는 국어의 현용 24 자모만으로 적는다.
〈Item 1〉 Words of foreign origin are written only through currently used Hangul system with 24 vowels and consonants.
〈第一項〉 外來語只用韓國語現用24个字母來表記。

국어에 없는 외국어음을 적기 위하여 별도의 문자를 만들지 않겠다는 것이다.

〈제2항〉 외래어의 1음운은 원칙적으로 1기호로 적는다.
〈Item 2〉 One phoneme of a word of foreign origin is written by one symbol in principle.

〈第二項〉 外來語的1音韻原則上用1符号來表記。

외국어 소리 하나에 대해서는 국어 소리 하나로 대응한다는 것이다. 예를 들어 'family' [훼밀리], 'film'[필름]처럼 'f'에 대응하는 국어 소리가 'ㅎ', 'ㅍ'처럼 두개의 소리로 하지 않고 'ㅍ' 하나의 소리로 한다는 것이다.

〈제3항〉 받침에는 'ㄱ, ㄴ, ㄹ, ㅁ, ㅂ, ㅅ, ㅇ'만을 쓴다.
〈Item 3〉 As finals, 'ㄱ, ㄴ, ㄹ, ㅁ, ㅂ, ㅅ, ㅇ' are only used.
〈第三項〉 收音僅用 'ㄱ, ㄴ, ㄹ, ㅁ, ㅂ, ㅅ, ㅇ'。

현대 국어 음절 끝소리 규칙과 같은 것으로 받침에는 대표음 7개만 올 수 있다는 것이다. 다만, 'ㄷ'대신에 'ㅅ'으로 적음에 유의해야 한다. 예를 들어 '슈퍼마켙→슈퍼마켓'으로, '커피숖→커피숍'으로, '케잌→케이크'로, '초콜맅→초콜릿'으로 적는다.

〈제4항〉 파열음 표기에는 된소리를 쓰지 않는 것을 원칙으로 한다.
〈Item 4〉 For a transcription of plosive, a fortis (a strong sound) is not used in principle.
〈第四項〉 破裂音的標記原則上不用緊音。

무성파열음 [p, t, k]의 된소리는 '빠리→파리'처럼 거센소리로 적는다. 유성파열음 [b, d, g]는 '뻐스→버스, 땜→댐, 까스→가스'처럼 'ㅂ, ㄷ, ㄱ'으로 적는다. 유성파찰음의 'j' [ ]는 '재즈, 잼'처럼 'ㅈ'으로 적는다.

〈제5항〉 이미 굳어진 외래어는 관용을 존중하되, 그 범위와 용례는 따로 정한다.
〈Item 5〉 Words of foreign origin that have been settled and established in the Korean language are respected for their common use, but their scope and example are determined separately.
〈第五項〉 已固定的外來語應尊重慣用, 但其范圍和用例需另定。

영어 'camera[kæmərə]'는 '캐머러'이지만 '카메라'로 굳어진 관용 표기를 존중한다. 그리고 'sh[ʃ]'는 뒤따르는 모음과 합쳐서 '샤, 섀, 셔, 셰, 쇼, 슈, 시'로 적는다. 어말에서는 '잉글리시, 플래시'처럼 '시'로, 자음 앞에서는 '아인슈타인'처럼 '슈'로 적는다.

파찰음 표기에서도 '죠, 쟈, 쥬, 져, 쵸, 챠, 츄, 쳐'는 쓰지 않는다. 따라서 '조지, 비전, 주스, 크리스천'으로 적는다.

〈참고〉 외래어는 바르게 표기해야 한다.
〈Reference〉 Words of foreign origin should be transcribed(spelled) correctly.
〈參考〉 外來語應正确表記。

가운	개그	깁스	개런티	닉네임
그랑프리	뉘앙스	디지털	데뷔	러시아워
레크리에이션	레퍼토리	로열티	로케	로봇
로켓	리포트	모럴	메시지	미스터리
미시즈	배터리	배지	버라이어티쇼	보컬그룹
부츠	뷔페	브로커	샐러리맨	서비스
서머스쿨	선글라스	세일즈맨	스케줄	스태미나
스터디	아마추어	알리바이	알코올	앙케트
앙코르	애드벌룬	액세서리	앰뷸런스	에세이
오리엔테이션	인터뷰	조깅	챔피언	초콜릿
카페	카펫	칼럼니스트	캘린더	컬러
칼라	코미디	콤플렉스	콩트	터부
톱클래스	파이팅	팡파르	허니문	

03 평가
Evaluation 評价

이번 차시는 1차시와 2차시에서 학습한 내용의 문제를 풀이하는 시간입니다. 이에 〈문법과 표현〉, 〈읽기〉, 〈듣기〉 그리고 〈쓰기〉 영역으로 나누어 학습할 것입니다.

이번 차시는 1차시와 2차시에서 학습한 내용의 문제를 풀이하는 시간입니다. 이에 〈문법과 표현〉, 〈읽기〉, 〈듣기〉 그리고 〈쓰기〉 영역으로 나누어 학습할 것입니다.

This section is designed to solve questions about what you learn in the previous two sections. It consists of four parts: Grammar & Expressions, Reading, Listening and Writing.

這堂課要對第一, 二堂課的內容分〈語法与表現〉, 〈閱讀〉, 〈听力〉, 〈寫作〉四个部分進行練習。

[문법과 표현] Grammar and Expressions 語法与表現

1 〈보기〉에서 제시한 예를 참고하여 아래 문제의 ( )을 채우시오.
Referring to the example, fill in the blanks below. 仿照例句塡空。

> 보기 어떤 사람을 좋아하다 → 전에 어떤 사람을 좋아한 적이 있다.

❶ 대회에 출전하다 → (   )
❷ 수영장에서 일하다 → (   )

> 보기 꽃이 피다 → 봄이 오면 꽃이 피게 된다.

❶ 깃발이 흔들리다 → (   )

보기 늦다, 일이 많다 → 늦은 걸 보니 일이 많았나 보다.

---

❶ 춤을 추다, 기분이 좋다 → (   )
❷ 잠을 자다, 몸이 피곤하다 → (   )

[읽기] Reading 閱讀

다음 예문을 읽고 물음에 답하시오.
Read the passage and answer the questions. 閱讀例文回答問題。

　저는 인천에서 태어나 할아버지, 할머니, 그리고 부모님의 귀여움과 사랑을 받으면서 자랐습니다. 공무원이신 아버지와 집안일은 물론, 언니와 오빠, 그리고 남동생 등 우리 가족을 돌보는데 최선을 다하시는 어머니 덕분에 어릴 적부터 별 어려움 없이 평안한 생활을 할 수 있었습니다. 어머니는 동화책이나 위인전, 문학전집 등 좋은 책을 많이 읽도록 권해 주셨습니다. 피아노와 미술을 배웠는데, 특히 피아노에 재미를 붙였습니다. 그리고 무언가를 배울 때에는 열심히 배웠습니다. 또한, 제 장점은 낯선 사람들과도 자연스럽게 대화할 수 있으며, 무슨 일이든 꼼꼼하게 일을 처리하는 것입니다. 아마도 어릴 때부터 할아버지, 할머니와 함께 생활하다보니 매사에 조심스럽게 행동한 결과인가 봅니다. 우리는 대학을 졸업하면 사회 곳곳에서 많은 사람들을 만나게 될 것입니다. 그 많은 사람들과의 만남에서 이제는 누군가에게 필요한 사람, 도움을 줄 수 있는 사람의 위치에 있을 것입니다. 행복한 사람은 학식이 많아야만 되는 것도 아니며, 물질이 많아야만 되는 것도 아닐 것입니다. 내가 처한 상황 속에서 내가 만나고 있는 사람을 위해 뭔가 도움을 줄 수 있는 삶이야말로 가장 행복한 삶이며 소중한 삶일 것입니다. 저는 그러한 삶을 살아가도록 최선을 다하려고 합니다.

---

1 이 가정의 가족은 모두 몇 명인가요?

2 위의 내용 중 옳은 것은?

 ❶ 어머니는 공무원이다.

 ❷ 어릴 때에 책을 많이 읽지는 않았다.

 ❸ 행복한 사람은 물질은 많지 않아도 학식은 많아야 한다.

 ❹ 꼼꼼하게 일을 처리하게 된 것은 어른들을 모시고 살았으므로 조심스럽게
  행동한 결과이다.

3 행복한 삶이며 소중한 삶은 무엇인가요?

[듣기] Listening 听力

다음 내용을 듣고 물음에 답하시오.

Listen and answer the questions. 听對話回答問題。

어렸을 때의 추억이 담겨 있던 길은 딱딱한 아스팔트길로 바뀌어 옛날의 아늑한 분위기는 찾을 길이 없고, 다만 쓸쓸함이 맴돌 뿐이었다. 흙길 옆의 돌담길과 코스모스가 그리워 찾아 왔는데, 그 모습은 사라져 버리고 없었다. 오직 내 눈에 보이는 것은 높은 빌딩과 까만 아스팔트와 회색의 보도블럭이 즐비하게 널려 있는, 우울한 풍경뿐이었다.

소박한 내 꿈은 어린 시절의 추억이 담긴 풍경을 다시 보는 것이지만, 옛 풍경을 되돌릴 수는 없을 것이다. 다만, 어린 시절의 순순한 마음을 잃지 않도록, 세속에 물든 때를 자주 씻어 낼 것이다.

1 어린 시절의 추억이 담긴 길은 현재 어떻게 변했나요?

2 무엇이 그리워 찾아 왔는지 구체적으로 쓰세요.

3 어린 시절에 좋아하던 풍경을 다시 보기 위해서는 어떻게 하고 싶은가요?

[쓰기] Writing 寫作

10년 후의 자신의 모습을 상상해서 쓰세요.

Write about what you will be like 10 years from now.

請想像寫出十年后的自己。

04 정리하기
Summary 綜合

1. 과거의 경험

(1) -다 보니 : 용언의 어간과 결합하여 시간의 흐름을 나타냄

- <u>오다 보니</u> 아름다운 곳이 있었다.
- <u>놀다 보니</u> 어느새 저녁이 되었다.

(2) -았(었)+나 보다 : 과거의 사실을 통해 어떤 행위나 상태를 짐작함

- 전에는 두 사람이 알고 <u>지냈나 보다</u>.
- 이번 시험은 작년 시험보다 <u>쉬었나 보다</u>.

(3) -(으)ㄴ 적(일)이 있다 : 과거에 경험한 행위나 사실을 나타냄

- 그 사람을 <u>만난 적이</u> 없다.
- 산에 나무를 <u>심어본 일이</u> 있다.
- 무대에서 노래해 <u>본 적이</u> 있다.

2. 미래에 대한 예정

(1) -게 되- : 객관적인 관점에서 일어날 일에 대해 미리 예측하는 것으로 피동적인 의미를 가짐

    내일이면 <u>알게 된다</u>.

(2) -려고 하- : 객관적인 관점에서 일어날 일에 대해 미리 예측하는 것으로 사동적인 의미를 가짐

    먹구름이 낀걸 보니 곧 비가 <u>오려고 한다</u>.

3. 외래어의 바른 표기

가운 개그 깁스 개런티 닉네임 그랑프리 뉘앙스
디지털 데뷔 러시아워 레크리에이션 레퍼토리 로열티
로케 로봇 로켓 리포트 모럴 메시지 미스터리 미시즈
배터리 배지 버라이어티쇼 보컬그룹 부츠 뷔페
브로커 샐러리맨 서비스 서머스쿨 선글라스 세일즈맨
스케줄 스태미나 스터디 그룹 아마추어 알리바이
알코올 앙케트 앙코르 애드벌룬 액세서리 앰뷸런스
에세이 오리엔테이션 인터뷰 조깅 챔피언 초콜릿
카페 카펫 칼럼니스트 캘린더 컬러 칼라 코미디
콤플렉스 콩트 터부 톱클래스 파이팅 팡파르 허니문

단어사전 Dictionary of words 詞匯表

어린 시절 childhood 小時候	나이가 어린 때	인간 관계 personal relationship 人際關系	사람과 사람과의 인격적인 관계
잘 어울리다 get along well with friends 和睦相處	잘 이루어져 자연스럽게 되다	소중함 importance, significance 珍貴	매우 귀중함
혼자의 힘 by(for) oneself 獨自	남의 도움을 받지 않고 혼자서 하는 것	자연 nature 自然	사람의 손에 의하지 않고 존재하는 것이나 일어나는 현상
독립심 independence 獨立心	다른 것에 의존하지 않음	사범대학 school of education 師范大學	중등 학생 교육을 목적으로 하는 단과 대학
가치관 sense of value 价値觀	사람이 자신을 포함한 세계나 만물에 대해 가지는 태도	꿈과 비전 dream and vision 夢想和未來	마음 속의 바람이나 이상, 목표
나눔 division 分享	자기의 것을 다른 사람에게 나누어 줌	무용계 dancing profession 舞蹈界	무용하는 사람으로 이루어진 영역
무용수 dancer 舞蹈演員	무용하는 사람	창조적 creative 創意性	어떤 목적으로 문화적, 물질적 가치를 이룩하는
후진 양성 cultivation of younger generation 后進培養	사회나 관계 따위의 후배들을 양성함	열정적 enthusiastic 熱情	열정이 있는
의료진료 medical diagnosis 診察	병자를 치료하기 위해 진찰하는 일	막내 the youngest child 老小	형제 자매 중에서 맨 마지막으로 태어난 사람
공무원 public officer 公務員	국가나 지방 공공 단체의 공무를 맡아 보는 사람	돌보다 take care of 照顧	보살피다, 보호하다
덕분에 due to, thanks to 托福	고마움을 베풀어 준 보람에	동화책 fairy tale book 童話書	어린이를 상대로 만들어진 책
위인전 books about great people 偉人傳	위인의 업적과 일화 등을 사실에 맞게 적어 놓은 글이나 책	문학전집 complete works of literature 文學全集	같은 종류의 문학을 한데 모아서 한질로 출판한 책
장점 advantages, merits 优点	가장 좋은 점	꼼꼼하게 meticulously in detail 仔細地	빈틈이 없이 자세하게

조심스럽게 carefully 小心地	매우 조심하는 태도가 있게	학식 knowledge 學識	학문으로 얻은 식견
물질 material 物質	공간의 일부를 차지하고 질량을 갖는 것, 물체	상황 situation 狀況	어떤 일의 모습이나 형편
행동 behavior 行動	몸을 움직이는 동작	세속 worldly, mundane 世俗	이 세상, 속세
추억 memory 回憶	지나간 일을 돌이켜 생각함	딱딱한 hard 堅硬的	물렁하지 않고 굳어서 단단한
아스팔트길 asphalted road 柏油路	아스팔트로 만든 길	아늑한 cozy, comfortable 雅靜	넓지 않은 둘레가 폭 싸여 포근한
쓸쓸함 loneliness 冷淸	외롭고 적적함	흙길 muddy road 土道	흙으로 이루어진 길
돌담길 stone road 石垣路	돌로 쌓은 담으로 이루어진 길	보도블럭 sidewalk block 人行道	사람이 다니는 길바닥에 까는 시멘트 블록
회색 gray 灰色	잿빛의 색	우울한 gloomy, depressing 憂鬱的	근심걱정으로 답답하고 밝지 못한
즐비하게 stand in a continuous row 林立	가지런하고 빽빽이 늘어서 있게	순수한 pure 純淨的	고분고분하고 온순한
풍경 scenery 風景	경치	씻어내다 wash 沖洗	더러운 것을 없어지게 깨끗이 하다

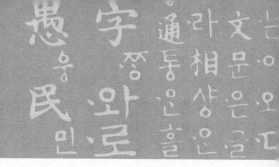

참고문헌

박덕유(2009), 『학교문법론의 이해』, 역락출판사.

우인혜·라혜민(2000), 『Easy Korean Grammar』, 한국문화사.

국립국어원(2005), 『외국인을 위한 한국어문법 1,2』, 커뮤니케이션북스.

건국대언어교육원(2005), 『한국어 1, 2』, 건국대학교출판부.

＿＿＿＿＿＿＿＿(2007), 『한국어 3,4』, 건국대학교출판부.

경희대언어교육원(2007), 『한국어 초급1,2, 중급1,2, 고급 1,2』, 경희대학교.

서강한국어교육원(2004), 『서강한국어1A,B, 2A,B, 3A,B』, 서강대학교.

서울대 언어교육원(2000), 『한국어 1-4』, 문진미디어.

성균어학원(2006), 『배우기 쉬운 한국어 1-6』, 성균관대학교.

저자 박덕유朴德裕

인하대학교 국어교육과 교수
인하대 <외국어로서의 한국어교육전공> 주임
인하해외유학생회 지도교수

* Park Deokyu
* Prof. Department of Korean Education
* Advisor of Korean Language Education as a Foreign Language
* Advisor of Inha Overseas Students Society
* Research Area : Korean Grammar, Korean Language Education

외국인을 위한 한국어 KOREAN LANGUAGE

초판인쇄   2010년 2월 09일
초판발행   2010년 2월 19일

저   자   박덕유

발 행 처   도서출판 박문사
등록번호   제2009-11호

책임편집   김연수

우편주소   132-040 서울시 도봉구 창동 624-1 현대홈시티 102-1206
대표전화   (02)992-3253
팩시밀리   (02)991-1285
전자우편   bakmunsa@hanmail.net

ⓒ 박덕유 2010 All rights reserved. Printed in KOREA

ISBN 978-89-94024-20-2 03810   정가 14,000원

 * 이 저서는 2009년도 인하대학교 지원에 의하여 발간되었음.